孩子，长长的路
你慢慢走

俞敏洪 麦家 等著

北京联合出版公司
Beijing United Publishing Co.,Ltd.

只 为 优 质 阅 读

好
读
Goodreads

愿你健康成长，一生平安顺遂。愿这世界对你好一点，再好一点。

每一个母亲，都想倾其所有，只为了换取孩子的一个笑容。那一瞬间，所有碌碌的奔走、辛苦、委屈，生命的一切苦楚，都会被那笑脸熨平。春风再美，也比不上你的笑，没见过你的人不会明了。

孩子再小，也是一个小人儿，尊重孩子的天性和选择，鼓励小人儿自由体验，自然成长，因为这是他们自己的人生。

孩子，我特别怕你活成这样。平凡不怕，我怕你无知。辛苦不怕，我怕你无能。独特不怕，我怕你无趣。失败不怕，我怕你无望。

我希望你保有一颗童心，依然纯真可爱、健康快乐，把童年的宝藏带入少年。

你的生命就注定不会是一汪死水，而会流转不息，倒映出每一年、每一季的云起云落、花开花谢，从而绚丽斑斓，灵动自然。

目录

辑一　致终将长大的你 - 001

俞敏洪：成长比成功更重要 - 003

麦家：我爱你的方式就是提醒你 - 011

余华：儿子的出生 - 015

徐则臣：我对你有无尽的爱 - 024

贾平凹：在女儿婚礼上的讲话 - 029

傅雷：传授给儿子 - 032

辑二　我也是第一次当家长 - 037

黎戈：第一次 - 039

卢璐：父母最为难的是，接受孩子的不同 - 044

老舍：有了小孩以后 - 049

郑国强：其实爸妈也是装的 - 055

李月亮：孩子，我为什么要逼你读书 - 066

杨一晨：写给3岁儿子的信 - 074

辑三　人生没有标准答案 - 085

刘墉：人生何必处处拿第一 - 087

简嫃：写给孔子的信 - 091

陈半丁：高考后给孩子的一封信 - 095

沈佳音：一位父亲的教育选择 - 099

水湄物语：宝贝，这是妈妈自己的人生，我只是顺便带着你 - 108

慕容素衣：孩子，多么希望你有一天能过上普通人的生活 - 112

辑四　走夜路请放声歌唱 - 119

王海鸰：给儿子的一封信 - 121

钱文忠：兴趣与志趣 - 130

周国平：爸爸是你童年的守护人 - 137

蒋曼：寄生 - 143

吴辉：给女儿的一封信 - 146

艾明雅：生活不在别处，快乐不在那些未来 - 154

辑五　不要等别人来安排你的人生 - 159

陈嘉映：孩子，哲学究竟有什么用 - 161

谢六逸：做了父亲 - 172

陶行知：科学的孩子 - 181

采铜：孩子的心声 - 183

冰心：寄小读者（通讯十）- 188

林特特：给洛洛的一封信 - 196

辑六　最好的时光在路上 - 203

孙瑞雪：写给走进初中校园的孩子们 - 205

金鱼酱：写给儿子未来的一封信 - 209

巴金：写给十个寻找理想的孩子 - 218

李长之：孩子的礼赞 - 223

梁晓声：当爸的感觉 - 230

陈年喜：父子书 - 238

辑一 致终将长大的你

成长比成功更重要

俞敏洪

快乐是快乐之母

我女儿从小学钢琴,七岁时获得了"温哥华少儿钢琴比赛"第一名。八岁时就考了钢琴10级。在加拿大,10级是钢琴的最高级。当时,我太太以为家里就要出一个钢琴家了。于是,开始给女儿加量,本来是每星期学习一个半小时钢琴,增加到每星期五个小时。女儿一下子热情骤减,纠结了不到一年,就跟我说:"老爸,我不学了,我对钢琴没有兴趣了。"我看着女儿,心想,这怎么办呢?我对女儿说:"没有兴趣就不学了,不论你学不学钢琴,老爸都知道你曾经是'温哥华少儿钢琴比赛'的第一名。弹不弹钢琴你自己决定,这是老爸对你的一贯原则。"女儿很高兴地离开了,但是我太太不高兴,她坚持让女儿继续学下去。后来我和太太商量，在这个时期，让孩子停顿一段时间，帮助她安静下来，调整好情绪。因为在我看来，如果孩子没有兴趣，我们仍逼迫她继续学习，就会使她产生逆反心理。

一周后，我和女儿一起去听了一场音乐会。音乐会过后，我对女儿说："宝贝，你看，你钢琴弹得这么好，如果不继续弹下去挺可惜的。你以前学了那么多年，吃了那么多苦，说丢掉就丢掉了，我为你的那些付出感到委屈。以后你上高中、上大学，有同学聚会的时候，如果有同学唱歌，你要是能弹钢琴给他们伴奏，大家会觉得你很厉害的，是不是？还有，我当时让你学琴，是希望你将来能多一个伙伴，知道吗？长大后，每个人都会有很多孤单的时候，如果那时我和妈妈都不在你身边，能有一架钢琴陪伴你，你就不会感觉到孤单了，因为你能倾诉。我也经常有孤单的时候，但是我没有发泄情绪的渠道。有时，我特别希望自己能像你一样会一种乐器，那样我就可以把心中的郁闷、孤独弹出来或吹出来，那样我就会快乐很多。但是我不会，也没时间去学。所以，我不希望你将来像我这样，不希望你这么轻易就放弃钢琴，但是，我不会强迫你弹钢琴。"

后来，我发现，当我们不强迫女儿弹钢琴后，她反而自己去练琴了。有时写作业写累了，就去弹15分钟左右的钢琴，然后继续写作业,写累了就再弹。这样一来,一个星期也能弹两三个小时。现在,她弹钢琴依然非常流畅,而且也开始对其他乐器感兴趣了。半年前的一天,她说她想学打鼓,我说:"好啊,买一套拉回家来练吧。"结果,练了一段时间后,她加入了温哥华青年交响乐队,在乐队里做鼓手。自信是一点点培养出来的,现在,她和同学们谈起音乐时,不仅有热情,而且很欣赏自己在音乐上的表现。孩子就是这样,快乐会让他们去追求更大的快乐。

三年前,我带她看了一场迪士尼冰上舞蹈,表演者都是前花样滑冰世界冠军,他们都穿着迪士尼服装表演。女儿从小就喜欢去迪士尼,看完之后很兴奋,对我说:"我想成为冰上舞蹈冠军。"我心想:"这怎么可能呢?那些冠军都是从六七岁开始学的,现在她已经十一岁了。"但我说:"好啊,你去学吧。"

在国外,有很多滑冰场,收费也很便宜,一次大约两三美元。我太太给女儿请了一个教练教她学冰上舞蹈。因为她很喜欢,所以很努力,也很用功。平时,她每天八点都不起床,开始学冰上舞蹈以后,六点就去溜冰场练习了。她的动作很优美,教练对她的进步非常满意。可是,有一次,她跳起来做空中旋转360度的动作,落地时一不小心把脚给扭伤了,滑冰的梦想就此破灭了。后来,她不断发现新的梦想。现在,她又喜欢上了单板滑雪。这是一项对身体协调性和勇敢精神要求很高的运动，但她很愿意去练。我知道，只要热爱，就会有源源不断的动力。上周，她告诉我，今年夏天，她要去新西兰参加单板滑雪的活动和比赛。看到女儿对生活的热情日益高涨，我对她的成长也充满了期待。

美好的心境，美好的生活

父母要培养孩子有个美好的心境。我一直觉得，对于孩子来说，书本学习只是学习的一部分，培养他们美好的心境更重要。什么是美好的心境呢？就是热爱生命、热爱大自然的一种情绪状态。我们有多少家长曾经晚上带孩子出去看过星星呢？应该不多。前不久，我在网上看到一则新闻：某个省的中考作文题目是"满天的繁星告诉我们什么？"，有一个学生只写了一句话："请问老师，星星在哪里？"孩子能不知道星星在哪里吗？肯定知道。但是，孩子确实没有亲眼看见过。

有一次，我带着儿子和女儿去古巴的海边。当时正好是阴历十五的晚上，月亮从海上慢慢升起来，我们全家就坐在海边的沙滩上看月亮一点点升起，海浪推着月光一直在我们身边浮动，有一种"海上明月共潮生"的感觉，非常美。我们大概看了一个半小时，天气慢慢变凉了。我对两个孩子说："有点儿凉了，咱们回去吧。"我女儿说："我不想回去，我要看月亮升到我头顶上。"我陪她坐了三个小时。女儿从来没有这样一动不动地坐这么久，我知道，这种美景对她的心灵是有触动的。在回去的路上，女儿对我说："我发现世界是一体的。"我问她这话是什么意思。她说："你没发现吗？大海、月亮和人并没有分开。"女儿的话让我觉得，那一晚是有收获的，她对自然有了新的体验和发现。

现在，在我的培养下，女儿特别喜欢大自然。大自然的景色使她的胸怀更博大，增加了她对世界、对生命的热爱。我觉得，在孩子的一生中，客观环境会不断变化，他们能够改变的很有限，只有心境始终属于他们自己。父母帮孩子构建一个美好的心境，有助于他们去超脱世俗的困扰和羁绊，达到一种更高的生命境界，使生活变得雅致、丰盈。

孩子的生命应该有诗意、雅致的部分，他们应该有懂得欣赏一切美好的能力。但是，现在国内的孩子很少有诗意的心情和雅致的生活，因为我们的教育过于急功近利，不给诗意和雅致成长的空间，这一课父母应该给孩子补上。

其实,"美好"二字与孩子的生活密不可分,当孩子的心灵充满诗意,处于一种对自然持久热爱的情绪状态时,他们的生活一定是美好的。

成长,比成功更重要

女儿每年回国时,我都会带她去一些贫困地区或少数民族地区走一走。前年,我带她去了青海;去年,我带她去了云南,让她看看贫困地区的孩子是怎样生活的。刚开始,我女儿在农村不敢上厕所,因为有些落后地区的厕所是建在外面的,上面架两块木板,非常简陋。我们是在夏天去的,天气很热,厕所里的木板下面有成千上万条蛆在蠕动。过去她只见过家里和宾馆的厕所,所以面对这样的厕所,她既不习惯,又害怕,但两三个月以后,她也就习惯了。所以说,很多东西是可以练出来的。

今年夏天回国,她独自参加了一个国外支援中国贫困地区农村教学的团队。她把自己穿小了的衣服都整理出来,带过去分给了她教的学生们穿。对此我很欣慰,因为我就是要培养女儿对生活的热爱和对他人的友爱之心。

孩子有两样东西不能少。一是对生命的热爱不能少。不管学业怎么样,哪怕没有读大学,只是读中专、大专,对生命和生活都要充满热爱之情。二是与人合作、与人分享的能力不能少。人是群居动物,相互之间需要给予和温暖。这是一种能力,也是一种责任,要让孩子有意识地承担。

前不久,女儿所在的学校举办了一个领导力培养训练营,只招15个人。结果,全校100多人报名,要考试、填表,还要自己写文章,最后还要面试。我女儿回家跟我说她报名了,准备参加。我和我太太都很吃惊,因为女儿内向,不爱在众人面前讲话。但我和我太太都点头说:"好,我们支持你!"可我们心中却为她捏了一把汗。没想到,我女儿居然通过了面试。当时,主考官问她:"你原来有领导力的经验吗?你为什么要参加这个领导力培养的训练营呢?"我女儿说:"是这样的,我知道我没有领导力经验,但我爸爸是一个特别有领导力的人,他是我崇拜的对象,我要向我爸爸学习,将来做我爸爸那样的人。就因为我现在没有领导力,所以才希望进入这个领导力培养训练营,既为大家服务,也领导大家。"她的话把考官逗笑了,第三天结果公布了,一共录取15个人,她居然在里面。我对女儿的进步感到很欣慰,因为她从小是一个性格内向、不爱说话的孩子。现在,她能有这样的表现,说明她在成长,且充满自信,富于理想。

记得一位美国教授曾经对我说:"你们中国的孩子活得太累。在他们的人生中,只有两个词——一个是'成功',另一个是'拼搏'。"他还很奇怪地问我,"你们不给孩子快乐,却口口声声说希望孩子幸福,这可能吗?"我们确实对成功过于着迷了,但我很清楚,对这一代孩子来说,他们的成功一定是建立在快乐的基础之上的。不然,在世界经济、文化交流一体化的未来,竞争越发激烈,没有快乐做基础,他们是走不远的。

作为父亲,我认为,成长比成功更重要。我希望孩子的学习成绩好,希望引导孩子充分发挥潜能,快乐地生活,做最好的自己。我不止一次对我的女儿说:"你可以不成功,但不能不成长。"

我爱你的方式就是提醒你

麦家

儿子，当你看到这封信时，你已在我万里之外，我则在地球的另一端。地球很大，我们太小了，但我们不甘于小，我们要超过地球，所以你出发了。这是一次蓄谋已久的远行，为了这一天，我们都用了十八年的时间做准备。这也是你命中注定的一次远行，有了这一天，你的人生才可能走得更远。

我没有到过费城，但可以想象：那边的月亮不会比杭州的大，或者小；那边的房楼一定也是钢筋水泥的；那边的街弄照样是人来车往的；那边的人虽然肤色、相貌跟我们有别，但心照样是要疼痛的，情照样是要圆缺的，生活照样是有苦有乐、喜忧参半的。世界很大，却是大同小异。也许最不同的是你，你从此没有了免费的厨师、采购员、保洁员、闹钟、司机、心理医生，你的父母变成了一封信、一部手机、一份思念。今后一切你都要自己操心操劳，饿了要自己下厨，乏累了要自己放松，流泪了要自己擦干，生病了要自己去寻医生。这一下，你是那么不一样，你成了自己的父亲、母亲、长辈。这一天，是那么神奇，仿佛你一下就长大了。

但这，只是仿佛，并不真实。真实的你只是在长大的路上，如果不是吉星高照，这条路必定是漫漫长长、坎坎坷坷、风风雨雨的。我爱你，真想变作一颗吉星，高悬在你头顶，帮你化掉风雨，让和风丽日一直伴你前行。但这是不可能的，即便可能，对不起，儿子，我也不会这么做。为什么？因为我爱你，因为那样的话，你的人生必定是空洞的、苍白的、弱小的，至多不过是一条缸里的鱼、盆里的花、挂着铃铛叮当响的宠物。这样的话我会感到羞愧的，因为你真正失败了。你可以失败，但绝不能这样失败，竟然是被太阳晒死的，是被海水咸死的，是被寒风冻死的。作为男人，这也许是莫大的耻和辱！

好了，就让风雨与你同舟吧，就让荆棘陪你前行吧。既然有风雨、有荆棘，风雨中不免夹着雷电，荆棘中不免埋着陷阱，作为父亲，我爱你的方式就是提醒你，你要小心哦，你要守护好自己哦。说到守护，你首先要守护好你的生命，要爱惜身体，要冷暖自知、劳逸结合，更要远离一切形式的冲突，言语的、肢体的、个别的、群体的。青春是尖锐的、莽撞的，任何冲突都可能发生裂变，而生命是娇嫩的……这一点我只想一言蔽之，生命是最大的，生命面前你可以理直气壮地放下任何一切，别无选择。

其次，你要尽量守护好你的心。这心不是心脏的心，而是心灵的心。它应该是善良的、宽敞的、亮堂的、干净的、充实的、博爱的、审美的。善是良之本，宽是容之器。心亮了，才能堂堂正正，不鬼祟、不魍魉。心若黑了、脏了，人间就是地狱，天堂也是地狱；心若空了，陷阱无处不在，黄金也是陷阱。关于爱，你必须做它的主人，你要爱自己，更要爱他人，爱你不喜欢的人，爱你的对手。爱亲人朋友是人之常情，是天理，也是本能，是平凡的；爱你不喜欢的人，甚至仇人敌人，才是道德，才是修养，才是不凡的。儿子，请一定记住，爱是翻越任何关隘的通行证，爱他人是最大的爱自己。

然后我们来说说美吧，如果说爱是阳光，那么美便是月光。月光似乎是虚的，没用的，没有月光，万物照样漫生漫长，开花结果。但你想象一下，倘若没有月光，我们人类会丢失多少情意、多少相思、多少诗歌、多少音乐。美是虚的，又是实的，它实在你心田，它让你的生命变得有滋有味，有情有意，色香俱全，饱满生动。

呵呵，儿子，你的父亲真饶舌是不？好吧，到此为止，我不想你，也希望你别想家。如果实在想了，那就读本书吧。你知道的，爸爸有句格言：读书就是回家，书这一张纸比钞票更值钱！请容我最后饶舌一句，刚才我说的似乎都是战略性的东西，让书带你回家，让书安你的心，让书练你的翅膀，这也许就是战术吧。

爱你的父亲

2016年8月21日

儿子的出生

余华

我做了三十三年儿子以后,开始做父亲了。现在我儿子漏漏已有七个多月了,我父亲六十岁,我母亲五十八岁,我是又做儿子,又当父亲,属于承上启下、继往开来的人。几个月来,一些朋友问我:"当了父亲以后感觉怎么样?"我说:"很好。"

确实很好,而且我只能这样回答,除了"很好"这个词,我不知道该怎样说。家里增添了一个人,一个很小很小的人,很小的脚丫和很小的手,我把他抱在怀里,长时间地看着他,然后告诉自己:这是我儿子,他的生命与我的生命紧密相连,他和我拥有同一个姓,他将叫我爸爸……

我就这样往下想,去想一切他和我相关的,直到再也想不出什么时,我会重新去想刚才已经想过的。就这些所带来的幸福已让我常常陶醉,别的就不用去说了。

我儿子是以突然袭击的方式出现的,我和妻子毫无准备。一九九二年十一月,我为了办理合同制作家手续回到浙江,二十天后当我回到北京,陈虹来车站接我时来晚了,我在站台上站了有十来分钟,她看到我以后边喊边跑,跑到我身旁她就累得喘不过气来,抓住我的衣服好几分钟说不出话,其实她也就跑了四五十米。以后的几天,陈虹时常觉得很累,我以为她是病了,就上医院去检查,一检查才知道是怀孕了。

那时候我一个人站在外面吸烟,陈虹走过来告诉我:"是怀孕了。"陈虹那时什么表情都没有,她问我要不要这个孩子。我想了想后说:"要。"后来我一直认为自己当初说这话时是毫不犹豫的,陈虹却一口咬定我当时犹豫不决了一会儿,其实我是想了想。有孩子了,这突然来到的事实总得让我想一想,这意味着我得往自己肩膀上压点什么,我生活中突然增加了什么。这很重要,我不可能什么都不想,就说"要"。

我儿子最先给我们带来的乐趣是从医院出来回家的路上,我和陈虹走在寒风里,在冬天荒凉的景色里,我们内心充满欢乐。我们无数次在那条街道上走过,这一次却完全不一样,这一次是三条生命走在一起,这是种奇妙的体验,当时的我们一点都感觉不到冬天的寒风。

接下来就是五个月的时候，有一天陈虹突然告诉我孩子在里面动了。我已经忘了那时在干什么，但我记得自己是又惊又喜，当我的手摸到我儿子最初的胎动时，我感到是被他踢了一脚，其实只是轻轻地碰了一下，我却感到这孩子很有劲，并且为此而得意扬扬。从这一刻起，我作为父亲的感受得到了进一步的证明，我真正意识到儿子作为一个生命存在了。

我的儿子在踢我。这是幸福的想法，他是在告诉我他的生命在行动、在扩展、在强大起来。现在我儿子七个多月了，他挥动着小手和比小手大一点的小脚，只要我一凑近他，他就使劲抓我的脸。我的脸常常被他抓破，即便如此，我还是常常将脸凑过去，因为我儿子是在了解世界，他要触摸实物，有时是玩具，有时是自己的衣服，有时就应该是他父亲的脸。

然后就是出生了。孩子没有生在北京，而是生在我的老家浙江海盐。我的父母都是医生，他们希望我和陈虹回浙江去生孩子。我儿子是一九九三年八月二十七日出生的，是剖宫产，出生的日子是我父亲选定的，他问我和陈虹："二十七日怎么样？"

我们说："行。"

陈虹上午八点半左右进了手术室，我在下面我父亲的值班室里等着，我将一张旧报纸看了又看，一点都不担心，因为我作为医生的父母都在手术室里，他们等候着孙儿的来临。我只是感到有些无所事事，就反复想想自己马上就要成为父亲了。我觉得这是一个有趣的事实，当然我更关心的是我儿子是什么模样。到九点半了，我听到我父亲在喊叫我，我一下子激动了，跑到外面看到父亲，他大声对我说："生啦，是男孩，孩子很好，陈虹也很好。"

我父亲说完又回到手术室里去了，我一个人在手术室外面走来走去，孩子出生之前我倒是很平静，一旦知道孩子已经来到世上，并且一切都好后，我反倒坐立不安了。过了一会儿，我母亲将孩子抱了出来，一边走过来一边说："太漂亮了，这孩子太漂亮了。"

我看到了我的儿子，刚从他母亲子宫里出来的儿子，穿着他祖母几天前为他准备的浅蓝色条纹的小衣服，睡在褪褓里，露出两只小手和一张小脸。我儿子的皮肤看上去嫩白嫩白的，上面像是有一层白色粉末，头发是湿的，黏在一起，显得乌黑发亮，他闭着眼睛在睡觉。一个护士让我抱抱他，我想抱他，可是我不敢，他是那么的小，我怕把他抱坏了。

那天上午阳光灿烂，从手术室到妇产科要经过一条胡同，当护士抱着他下楼时，我害怕阳光了，害怕阳光会刺伤我儿子的眼睛。有趣的是当护士抱着我儿子出现在胡同里时，阳光刚好被云彩挡住了。就是这样，胡同里的光线依然很明亮，我站在三层楼上，看到我儿子被抱过胡同时，眉头皱了起来，这是我儿子做出的第一个动作。虽然很多人说孩子出生的第一个月里是没有听觉和视觉的，但我坚信我儿子在经过胡同时已经有了对光的感觉。

儿子被护士抱走后，我又是一个人站在手术室外面，等着陈虹被送出来。我在那里走来走去，这时我的感觉与儿子出生前完全不一样，我实实在在地感到自己是父亲了。一想到自己是父亲了，想到儿子是那么的小，才刚刚出生，我就一个人"嘿嘿"地笑。

我儿子在婴儿室里躺了两天，我一天得去五六次，他和别的婴儿躺在一起，浑身通红，有几次别的婴儿哇哇哭的时候，他一个人睡得很安详。有时别的婴儿睡的时候，他一个人在哭。为此我十分得意，告诉陈虹：这孩子与众不同。

我父亲告诉我，这孩子是屁股先出来的，出来时一只眼睛睁着，另一只眼睛闭着，刚一出来就拉屎撒尿了。然后医生将他倒过来，在他背上拍了几下，他"哇"地哭了起来，他的肺张开了。

陈虹后来对我说，她当初听到儿子第一声哭声时，感到整个世界都变了。陈虹从手术室里出来时脸上挂着微笑。我弯下身去轻声告诉她我们的儿子有多好，她那时还在麻醉之中，还不觉得疼，听到我的话她还是微笑，我记得自己说了很多感谢的话，感谢她为我生了一个很好的儿子。

其实在知道陈虹怀的是男孩以前，我一直希望是女儿，而陈虹则更愿意是男孩。所以我认准了是女孩，而陈虹则肯定自己怀的是儿子。这样一来，我叫孩子为女儿，陈虹一声一声地叫儿子。我给孩子取了一个小名，叫漏漏。在这一点上我们意见一致，因为我们并没有具体的要孩子的计划，他就突然来了。我说这是一条漏网之鱼，就叫他"漏漏"吧。

漏漏没有进行胎教，我和陈虹跑了几个书店，没看到胎教音乐，也没看到胎教方面的书籍。事情就是这样怪，想买什么时往往买不到，现在漏漏七个多月了，我一上街就会看到胎教方面的书籍和音乐盒带。我对胎教的质量也有些怀疑，倒不是怀疑它的科学性，现在的人只管赚钱，很少有人把它作为事业来做。

所以我就自己来教。陈虹怀孕三四个月时，我一口气给漏漏上了四节胎教课。第一节是数学课，我告诉他一加一等于二；第二节是语文课，我说，你是我儿子，我是你父亲；第三节是音乐课，我唱了一首歌的开头和结尾两句；第四节是政治课，是关于波黑局势的。四节课加起来不超过五分钟,其结果是让陈虹笑疼了肚子。至于对漏漏后来的智力发展有无影响我就不敢保证了。

陈虹怀孕期间,我们一直住在一间九平方米的平房里,三个大书柜加上写字台已经将房间占去了一半,屋内只能支一张单人床,两个人挤一张小床,睡久了都觉得腰酸背疼。有了漏漏以后,就是三个人挤在一起睡了。整整九个月,陈虹差不多都是向左侧身睡的,所以漏漏的位置是横着的,还不是臀位。臀位顺产就很危险,横位只能是剖宫产。

漏漏八月下旬出生,我们是八月二日才离开北京去浙江的,这个时候动身是非常危险的了。我在北京让一些具体事务给拖住了,等到动身时真有点心惊肉跳,要不是陈虹自我感觉很好,她坚信自己会顺利到达浙江,我们就不会离开北京。

陈虹的信心来自还未出世的漏漏,她坚信漏漏不会轻易出来,因为漏漏爱他的妈妈,漏漏不会让他妈妈承受生命危险。陈虹的信心也使我多少有些放心,临行前我让陈虹坐在床上,我坐在一把儿童的塑料椅子里,和漏漏进行了一次很认真的谈话。这是我第一次以父亲的身份正式和未出世的儿子说话。具体说些什么记不清了,全部的意思就是让漏漏挺住,一直要挺回到浙江家中,别在中途离开他的阵地。

这是对漏漏的要求，要求他做到这一点，自然我也使用了贿赂的手段。我告诉他，如果他挺住了，那么在他七岁以前，无论他多么调皮捣蛋，我都不会揍他。

漏漏是挺过来了，至于我会不会遵守诺言，在漏漏七岁以前不揍他，这就难说了。我的保证是七年，不是十天，七年时间实在有些长。

儿子出生以后，给他想个名字成了难事。以前给朋友的孩子想名字，一分钟可以想出三四个来，给自己作品中的人物取个名字，也是写到该有名字的时候立刻想一个。轮到给自己儿子取个名字，就不容易了，怎么都想不好，整天拿着本《辞海》翻来看去。我父亲说干脆叫余辞海吧，全有了。

漏漏取名叫余海果，这名字是陈虹想的。陈虹刚告诉我的时候，我看一眼就给否定了。过了两天，当家里人都在午睡时，我将"余海果"这三个字写在一个白盒子上，看着看着觉得很舒服，嘴里叫了几声也很上口，慢慢地我越来越喜欢这个名字了。等到陈虹午睡醒来，我已经非这名字不可了。我对陈虹说："就叫余海果。"

儿子出生了，名字也有了，我做父亲的感受也是越来越突出。我告诉自己要去挣钱，要养家糊口，要去干这干那，因为我是父亲了,我有了一个儿子。其实做父亲最为突出的感受就是:我有一个儿子了。这个还不会说话,经常咧着没牙的嘴大笑的孩子,是我的儿子。

我对你有无尽的爱

徐则臣

巴顿：

  现在你只有一岁零九个月，但你已经让我享受了三十个月的做父亲的幸福，你要接受我的感谢。从我知道你已经做好了来到这个世界的准备，从我第一次听见你在你妈妈肚子里的胎心的振动，我就习惯了把自己称作一个"当爹的人"。我是如此珍惜这个称谓，九百天里，一分钟都不曾忘记。我会抱你、亲你，在你睡着的时候把耳朵贴到你的小鼻子底下听你呼吸，以确认你和醒着的时候一样好好的；我会把你抱到镜子前，看你和我长得有多么像，有生以来我从没有如此自豪自己的长相，世界上竟会有一个小东西长得和我一模一样，"像一个模子里刻出来的"——遗传的神奇让我深感作为父亲的荣耀。当然，当爹的幸福无原则地多：你哭，你笑，你闹，你发呆；你在梦里吧唧嘴，咯咯地笑出声来；你每天早上醒来第一声总是喊"爸爸"；你喜欢坐在爸爸的肚皮上骑大马，说"up up down"；你会穿着尿不湿偷偷地靠近爸爸，一屁股坐到我的脸上，然后坏坏地大笑——所有这些，都在深切地提醒我，因为有你，无论如何我不会是一个孤独的人。我小心翼翼地守着这些依赖，记下你第一次开口说的每一个字词，我出差尽量不超过一周，我担心在外时间久了，回到家你就不认识我了。

我对你有无尽的爱，跟每一个父亲对孩子的爱一样。我给你取小名叫巴顿，只是因为这个名字可爱、响亮，希望你硬实、快乐、磊落地成长，跟那个雄赳赳气昂昂的美国四星上将没关系。也许你必将经历波澜壮阔的人生，但是我最希望的事情却可能是，你做好一个健康快乐的普通人。让自己安于做一个普通人有多难，长大了你会知道。我没给你办满月酒，没搞周岁宴请，也没让你抓周。我担心过于仪式化，会让自己从此变得迷信，我不想在任何心理暗示的背景下，引导你沿别人的道路成长。我努力只在最朴素的意义上表达一个父亲对儿子的爱。我力求让自己、让你、让生活，顺其自然。

当然，如果说我还有什么隐秘的愿望，那就是希望你能喜欢上读书。不是为了让你成为一个博学的人，也不是为了让你当一个和爸爸一样的作家,而是要让你明白,世界上有无数种生活和人生,要从书本中获取足够的能力和平常心去做一个普通人。即使以后你有了天大的抱负,你也要以平常人的平常心去看待这抱负,不急功近利、不怨天尤人、不好高骛远、不志大才疏,你要为你的理想兢兢业业、踏踏实实地往前走。实现了固然可喜,失败了也要坦然视之。就像爸爸现在这样,可以花好多年写一本书,仅仅因为我喜欢,多少年里努力去把它写好,至于能否写好,尽力之外的事情已经与你无关了。

儿子,爸爸本来是想写一封能让你笑出声来的信。虽然你有很多话还不会说,但我知道你都听得懂。你还不会走的时候,爸爸读诗、念故事、朗诵爸爸的小说给你听时,你躺在小床里一动不动,两眼瞪得溜圆,那时候你不说话爸爸就知道你都明白。可是这封信写着写着,我就让人厌烦地严肃起来,希望你不要烦,别转身就跑掉,看在我每次读书给你听都努力克服口音务求字正腔圆的费力劲儿上,你要理解:可能所有认真的爱,归根结底都不会是儿戏。

好,我们继续说读书的事。我把家里旮旮旯旯的东西都瞅了一遍,最后发现,能作为成长的营养给你的,只有我的六大橱书。你要知足,这些都是爸爸多年来精挑细选留下的最好的书。

这些书里有你成长所需要的几乎一切东西，包括你不可能再有的乡村。这个爸爸小时候有。出门就是野地，就是自然，就是麦田、草木、河流和牛羊成群，但是爸爸找不到几本书。我在梁头、墙角、床底下和抽屉里搜到的几本掐头去尾的小说，很多年后才知道它们是《艳阳天》《金光大道》和《小二黑结婚》。但是爸爸有乡村，有端着饭碗可以吃遍半个村庄的街坊邻居，有家里养的一头水牛、两只小狗、三只花猫、一群鸡、一群鸽子和一群兔子。现在这些你都没有，你看不见草生长，看不见玉米和稻麦拔节，你也看不见猫和狗一起守护两只鸡在草垛边寻食，看不见小牛想妈妈时也会掉眼泪；你能看见的是这个城市里，对门和隔壁一年到头关门上锁，看见同龄的孩子被父母和祖父母、外祖父母抱在怀里，手举起碰到一片树叶也得用消毒湿纸巾擦干净，看见满街的人都藏在车里，中关村大街像一条流动的钢铁河流，你看见一个老人坐在路边小声说话，路人都要躲着走。

  你看到的爸爸都看到了；爸爸看到的，你没看到。那个时代过去了，你无须经历，但我希望你能看到。我的书橱里有。我可以把那些故事讲给你听，你长大了也可以自己读。你能看到的和你看不到的加起来，才是一个完整的世界。你可以从容地读完的每一本书都会善始善终，生活不会随便在前后的章节里失踪。爸爸希望那些书能让你成为一个健全的、自然的、可以俯仰天地之大、品察万类之盛的人。普通人必须依靠这些最基本的事实和真理才能心安地活着。

道理讲大了你听着会累，你才二十一个月。儿子，话说多了听着你也会烦。说个高兴的，爸爸决定六月六日再给你理一个阿福头，只在头顶上留一小圈头发。四月给你理过，你很喜欢，逢人就指着头发说"爸爸"。你在镜子里也指过爸爸的头发，又指指自己的，让我也理你那种发型。不行，爸爸要顶着阿福头出门，全世界都会笑疯的。爸爸只给你理，这样我看见你时，就像在照镜子，就当爸爸也理了一个只有你能看见的阿福头。你和爸爸长得如此之像，你是爸爸的好儿子。

三天后，你的第二个儿童节就到了。爸爸给你准备了一个小礼物，祝你节日快乐。

广西北海

2013年5月29日

在女儿婚礼上的讲话

贾平凹

我二十七岁有了女儿,多少个艰辛和忙乱的日子里,总盼望着孩子长大,她就是长不大,但突然间她长大了,有了漂亮、有了健康、有了知识,今天又做了幸福的新娘!

我的前半生,写下了百十部作品,而让我最温暖也最牵肠挂肚和最有压力的作品就是贾浅。她诞生于爱,成长于爱中,是我的淘气,是我的贴心小棉袄,也是我的朋友。我没有男孩,一直把她当男孩看,贾氏家族也一直把她当作希望之花。我是从困苦境域里一步步走过来的,我发誓不让我的孩子像我过去那样贫穷和坎坷,但要在"长安居大不易",我要求她自强不息,又必须善良、宽容。二十多年里,我或许对她粗暴呵斥,或许对她无为而治,贾浅无疑是做到了这一点。当年我的父亲为我而欣慰过,今天,贾浅也让我有了做父亲的欣慰。因此,我祝福我的孩子,也感谢我的孩子。

女大当嫁,这几年里,随着孩子的年龄增长,我和她的母亲对孩子越发感情复杂,一方面是她将要离开我们,另一方面是迎接她的又是怎样的一个未来?

我们祈祷着她能受到爱神的眷顾,觅寻到她的意中人,获得她应该有的幸福。终于,在今天,她寻到了,也是我们把她交给了一个优秀俊朗的贾少龙!我们两家大人都是从乡下来到城里,虽然一个原籍在陕北,一个原籍在陕南,偏偏都姓贾,这就是神的旨意,是天定的良缘。两个孩子都生活在富裕年代,但他们没有染上浮华的习气,成长于社会变型时期,他们依然纯真清明。他们是阳光的、进步的青年,他们的结合,以后的日子会快乐、灿烂!

在这庄严而热烈的婚礼上,作为父亲,我向两个孩子说上三句话。

第一句,是一副老对联:"一等人忠臣孝子,两件事读书耕田。"做对国家有用的人。好读书能受用一生,认真工作就一辈子有饭吃。

第二句话,仍是一句老话:"浴不必江海,要之去垢;马不必骐骥,要之善走。"做普通人,干正经事,可以爱小零钱,但必须有大胸怀。

第三句话,还是老话:"心系一处。"在往后的岁月里,要创造、培养、磨合、建设、维护、完善自己的婚姻。

今天,我万分感激着爱神的来临,她在天空星界,在江河大地,也在这大厅里,我祈求着她永远关照着这两个孩子!

我也万分感激着从四面八方赶来参加婚礼各行各业的亲戚朋友,在十几年、几十年的岁月中,你们曾经关注、支持、帮助过我的写作、身体和生活,你们是我最尊敬和铭记的人,我也希望在以后的岁月里关照、爱护、提携两个孩子,我拜托大家,向大家鞠躬!

传授给儿子

傅雷

亲爱的孩子：

很高兴知道你有了一个女友，也高兴你现在就告诉我们，让我们有机会多指导你。对恋爱的经验和文学艺术的研究，朋友中数十年悲欢离合的事迹和平时的观察思考，使我们在儿女的终身大事上能比别的父母更有提些意见的条件，帮助你过这一人生的大关。

首先态度和心情都尽可能地冷静，否则观察不会准确。初期交往容易感情冲动，单凭印象，只看见对方的优点，看不出缺点，便是与同性朋友相交也不免如此，对异性更是常有的事。感情激动时期不仅会耳不聪，目不明，看不清对方，自己也会无意识地只表现好的一方面，把缺点隐藏起来。保持冷静还有一个好处，就是不至于为了谈恋爱而荒废正业，或是影响功课，或是浪费时间，或是损害健康，或是遇到或大或小的波折时扰乱心情。

所谓冷静，不但是表面的行动，尤其内心和思想都要做到这点，是很难。人总是人，感情上来，不容易控制，年轻人没恋爱经验更难保持身心的平衡。同时与各人的气质有关。我生平总不能临事沉着，极易激动，这是我的大缺点。幸而事后还能客观分析，周密思考，才不至于使当场的意气继续发展，闹得不可收拾。

我告诉你这一点，让你知道如临时不能克制，过后必须由理智来控制大局，该纠正的就纠正，该向人道歉的就道歉，该收蓬时就收蓬。

总而言之，以上两点归纳起来就是：感情必须由理智控制。要做到这点，必须下一番苦功在实际生活中长期锻炼。

我一生从来不曾有过"恋爱至上"的看法。"真理至上""道德至上""正义至上"，这些都应当作立身的原则。恋爱期间，不论感情如何亲密也不能触犯这些原则。朋友也好，爱人也好，一旦遇到与真理、道德、正义等有关的原则问题，决不能让步。

其次，人是最复杂的动物，观察决不可简单化，而要耐心、细致、深入，经过相当的时间、各种不同的事故和场合。处处要把客观精神和大慈大悲的同情心结合起来。对方的优点，要认清是不是真实可靠的，是不是你自己想象出来的，或者是夸大的。

对方的缺点，要分出是不是与本质有关。与本质有关的缺点，不能因为其他次要的优点多而加以忽视。次要的缺点也得辨别是否能改，是否发展下去会影响品性或日常生活。

人人都有缺点，谈恋爱的男女双方都是如此。问题不在于找一个全无缺点的对象，而是要找一个双方缺点都能各自认识、各自承认、愿意逐渐改，同时能彼此容忍的伴侣（这点很重要。有些缺点双方都能容忍；有些则不能容忍，日子一久即造成裂痕）。

最好双方尽量自然，不要做作，各人都拿出真面目来，优、缺点一齐让对方看到。必须彼此看到了优点，也看到了缺点，觉得都可以相忍相让，不会影响大局的时候，才谈得上进一步的了解，否则只能做一个普通的朋友。可是要完全看出彼此的优缺点，需要相当时间，也需要各种大大小小的事故来考验，绝对急不来，更不能轻易下结论！（不论是好的结论或坏的结论。）

唯有极其坦白，才能暴露自己。而暴露自己的缺点总是越早越好，越晚越糟！为了求恋爱成功而尽量隐藏自己的缺点的人，其实是愚蠢的。当然，在恋爱中不自觉地表现出自己的光明面，不知不觉隐藏自己的缺点，不在此例。因为这是人的本能，而且也证明爱情能促使我们进步，往善与美的方向发展，正是爱情的伟大之处，也是古往今来的诗人歌颂爱情的主要原因。

事情主观上固盼望必成，客观方面仍须有万一不成的思想准备。为了避免失恋等痛苦，这一点"明智"我觉得一开头就应当充分掌握。

一切不能急，越是事关重要，越要心平气和，态度安详，从长考虑，细细观察，力求客观！感情冲上高峰很容易，无奈任何事物的高峰（或高潮）都只能维持一个短时期，要久而弥笃地维持长久的友谊可很难了。

除了优、缺点，两人的性格、脾气是否相投也是重要因素。刚柔、软硬、缓急的差别要能相互适应调剂。还有许多表现在举动、态度、言笑、声音等上的说不出也数不清的小习惯，在男女之间也起很大作用，要弄清这些，就得冷眼旁观，慢慢哑摸。诗人常说爱情是盲目的，但不盲目的爱情毕竟更健全、更可靠。人的雅俗和胸襟、器量也是要非常注意的。你自幼看惯家里的作风，想必不会忍受量窄心浅的性格。

以上谈的全是笼笼统统的原则问题……

长相身材虽不是主要考虑点，但对于一个爱美的人也不能过于忽视。

交友期间，尽量少送礼物、少花钱：一方面表明你的恋爱观念与物质关系极少牵连；另一方面也是考验对方。

辑二 我也是第一次当家长

第一次

黎戈

三岁那年的夏末,你即将进入幼儿园,我带你去动物园。那时的你,没有经历过纪律生活,饿了就吃,胡乱穿衣,倒头即睡,全凭一己之私欲,长得圆圆胖胖。你背着米奇小背包,挎着小水壶,在八月底的烈日下,跟着我走了很远的路。红山动物园是依山而建的,开阔起伏,每个动物馆都隔得很远,我们看了高温下弯起脖子睡午觉的长颈鹿,又爬上陡峭的石阶,去看眼神散漫的白虎,最后你决定在大象身边留影,你的绿花裙子,旁边有一坨巨大的泥巴,啊,其实是大象刚拉的大便,便便很臭,所以,照片上你的小鼻子皱成一团。

六岁那年的夏天,你从幼儿园毕业,满台的小朋友唱着小虎队的《放心去飞》,我的镜头,总也找不到被欢快的同学挤到角落里的你。七月,我想带你去看大海,我们坐了六个小时的动车，快到青岛时，你看见很高的铁罐问我是什么，我说是装啤酒的，当然是瞎说，我是想到了咸咸的海风和人声喧闹的烧烤。

我们不识路，走了很久才到一个公园。下坡，你第一次看见了海。更准确地说，海的角落。近海的海水，混浊的绿，你小心翼翼地把脚伸向石头，踩着滑溜溜的青苔，海浪一大口一大口，狠狠地咬你的裙角和脚趾，你感觉到："水"原来是这么的强劲，和你洗手的自来水、在幼儿园用自备小杯子喝的饮水机的涓涓细流，都不是一回事。你一脸的蒙。

那是雨季，每天早晨起得很迟，我们住的旅馆，开在一个民俗博物馆里，近中午的时候，总会有一场暴雨如期而至，比江南的梅雨更激烈，大雨敲击着我们的窗玻璃和耳膜，我们站在窗口，可以看见民俗博物馆内部木楼梯上，上上下下的游客，被雷雨的巨大响声搞得有点怔。雨停后，我们随便吃点东西，吃你喜欢的蛋黄焗南瓜，然后，就去人比较少的那个海滨浴场，那个浴场没有遍地的游客和假珍珠首饰、烤海星以及卖贝壳的。天黑后，我们回旅馆，冲脚，浴室的地面上积起薄薄的沙层。之后，我们俩换上各自的吊带裙，下楼去夜市吃烧烤海鲜，我喝一杯生啤，你小口喝汽水，顺便买盒街边兜售的蓝莓。

你最喜欢的那个海滨浴场，它有很多排更衣间，有晒得黝黑的救生员，只有海边的太阳才能晒出那种炭黑。那些午后，我们坐公交车去那里，我们穿过很多树林，雨后的植物绿得特别润，你特别喜欢那种青岛尚在使用的老式公交车，没有空调，开着窗户，木头座椅，咸湿的海风吹着你的小辫子，你觉得空气新鲜极了，你很开心。海浪中你抓着我，咯咯地笑，突然张开嘴，满口的血，一颗正在替换的乳牙，被海水卷走了。你在风中张开惊讶的嘴，被海风冻住，像一个成年礼。

当然，在你的人生中，还会有很多见到大海、大象、长颈鹿的机会。但至少第一次，是和我一起的。我总是遗憾自己没有很好的财力和体力，带你去更好更远的地方，但你戴着五块钱的海螺项链，一脸满足的灿烂笑脸，让我对胜任母职这件事，多少有了那么点信心，谢谢你哦。

然后，我想起了自己的第一次。严格地说，都不算是旅行。我妈妈，也就是你外婆，当时是和会街上一家小百货商店的售货员，从无休息日。如果上早班，就急急地赶到商店，盘货、理货、开店门；如果是晚班，就在早晨买好菜、为家人烧好一天的饭菜，从很远的地方，打井水来洗衣服，晾在绳子上——你外婆节俭，连晾衣绳都不是自己买的，而是把店里扔掉的捆货用的塑料绳，几根一束，吐点口水在手心上，搓一根粗绳，拉在院子里晾衣服。

就是那样一个勤俭持家的你的外婆,有一天欣喜地拿着一张小纸给我看,是她们的一个顾客,给她们几个店员的观光券——你外婆待人和气,年年都是店里的服务标兵,家里的奖状一堆。所以,也常有顾客给她点小礼物,这次是金陵饭店的观光券。

当时,盖这个饭店可是个惊动市民的大事,三十多层呢,在二十世纪八十年代的南京,是最高建筑了,最奇妙的是:它还有个旋转顶楼。这不,这个顾客,给了五个店员每人一张票,可以凭票登顶,旋转一周,俯瞰南京,还能喝杯咖啡(这是幼小的我,第一次听到这种饮料,当然也没想到,日后我会成为一个深度咖啡因依赖者)。

你外婆舍不得用那张票,她把它塞给我,让其他的同事带着我登上电梯,看看南京。有什么好看的呢?我紧张地坐在圈椅里,喝着那杯寡淡的叫作咖啡的苦水,眼底全是破败的低矮建筑物,远处有工地,一地琐碎。还有样子傻傻的有辫子的电车,慢慢地开着,停在站台边。

下楼,你外婆在等我,她站起来走向我,大概很想听我说点什么。三十年后,我带着你,第一次看海,第一次看画展,第一次给你海淘了很贵的原产泰迪熊。打开礼物包之前,我心里涌动的期待，完完全全地复制了三十年前，坐在金陵饭店一楼的你外婆。

每一个母亲，都想倾其所有，只为了换取孩子的一个笑容。那一瞬间，所有碌碌的奔走、辛苦、委屈，生命的一切苦楚，都会被那笑脸熨平。春风再美，也比不上你的笑，没见过你的人不会明了。

父母最为难的是，接受孩子的不同

卢璐

这个春天，很多家庭都是在动荡不安、左右摇摆中度过的。

在人人都在纠结要不要生二胎的时代，三胎也放开了。那接下来，四胎、五胎、六胎……是不是可以不罚钱地生呢？

三十年前，是越穷越生，现在是富才能生，而且就算是富，也常常不敢生。因为时代已经在改变，人们的亲子关系，已经完全不一样了。

今天，人们养孩子已经不再因为意外怀孕，无奈为止；不再为了传宗接代，行使使命；今天，也基本找不到那种生孩子，是为了让孩子侍奉养老的父母。在有人类之后，我们第一次活在可以选择成为父母的年代。我们生孩子，是因为爱，因为渴望，因为血脉和传承。

如此深切的爱，每个父母会用一种特别苛刻的态度，要求自己对孩子好，更好，倾尽一切地好；每个父母也特别期望自己的孩子好，更好，无限地好……然而，事实上，绝大多数父母除了想让孩子好，好上加好之外，在面对和教育孩子时，并不知道自己想要的到底是什么？到底想达到什么程度？或者自己的底线到底是什么？

只能越迷茫越焦虑，越焦虑越紧张，用尽一切权力，竭尽全力去控制孩子，掌握孩子的一切。结果，想要给孩子最好的教育，往往却变成了最可怕的教育。

一群父母在一起，最常讨论的就是，到底什么才是给孩子最好的教育？怎么样才会避免原生家庭的伤害？自从有了孩子，就算是读完了博士后的父母们，也都好像重新成了一年级的小朋友，背着书包一直在努力学习，然而越学习我越迷茫，越学习我越焦虑，我甚至搞不清楚我到底为什么焦虑？

讲真的，到底什么才是给孩子最好的教育？

前不久我给女儿报名了早教课，一个小时的课，有唱歌、有跳舞，一个小的手工活动，一次最多七个小孩子，有成人陪同。有一次，手工是用纸做成一个王冠，让大人帮孩子们剪好，然后旁边有各种彩笔和不干胶，孩子们来装饰。

女儿的王冠拿到手里，不到两分钟已经被她画得乱七八糟，她一边画一边用她说不连贯的童音跟我说:"这个是妈妈。"好吧,妈妈是一个土豆一样的圆球。

"这是爸爸。"爸爸是一个歪歪扭扭的介于三角形和菱形的东西。

"这个是姐姐。"姐姐是个小豆芽。

"这是我的小布驴。"小驴更是一堆看不清的东西。

整个王冠看起来,倒是花花绿绿,五颜六色,其实到处都是色块。

我等她慢慢画完,并没有打断她漫无边际的想象,我帮助她头尾贴起来。于是,她就戴着自己的王冠,在教室里面扭来扭去,做女王的鬼脸。

我旁边坐着一对美丽的母女,妈妈很年轻,化着裸妆,身着羊绒衫,女儿穿着日系高级灰的童装。

那个妈妈一定读过很多本育儿手册,她一直坐在女儿旁边,用不高不低的声音,指点着女儿该怎么装饰自己的王冠。譬如女儿想贴一颗星星,不到两岁的女孩子,自然随手就贴,可是她的妈妈会用启发的口吻说:"你真的要贴在这里吗?你看,贴在这里,会不会更好看呢?旁边有一颗星星,这样的话叫作对称,一个对称的王冠,才会更美丽……"

在妈妈亦步亦趋的启发和指导下，这个小女孩的王冠做得非常干净，有对称的美丽。

最后老师邀请她戴着王冠上台展示，小女儿的妈妈坐在下面，嘴角上扬，有一种心满意足的得意。

可是坐在旁边的我，看着这一切，却有一种无法言传，从背后扩散开的冷。

按照育儿书上，这个妈妈的行为完美得无懈可击，真是最完美的教育。可是两岁的时候，连一个纸做的王冠都不能随心所欲，这个女孩子的人生一定会很苦吧？

一生都要活在别人塑造的完美人设里，不知道会不会很累？

在这个世界上，每个人都有自己的选择，从自己主观出发，尊重别人的选择，对于成年人，已经是一件非常困难的事情，那么尊重孩子的选择，让他们自自然然，任凭自己的天性活着，可能是21世纪最大的难题吧？

父母总是觉得，自己的孩子不行，不懂，薄弱，要保护，那种我是为了你好的热切，更加加深了父母们的正义感和执行力度，所以家才会伤人，爱更会伤人，因为太盲目，太执着。

冰心说：让孩子像野花一样自然成长，要尊重孩子的天性和选择。

野花是茁壮的，泼辣的，也是能够经得起风雨和恶劣的环境考验的。我们的教育，并不是要教给孩子做什么，而是尽力地保持孩子们的好奇心和探索的欲望，培养孩子思考的方式，让他们自己去得到结果；当孩子们的言行与我们不同的时候，不会勃然大怒地反驳，这才是教育最难能可贵的部分，这才是为人父母最高贵的选择。

人生那么长，人生那么久，成年只不过是一种生理现象，可是成长却是漫漫无际，终其一生的。做父母不仅仅是责任，更是一种相互陪伴式的共同成长。

我最喜欢李白的一句诗："天生我材必有用。"因为每个人生下来，就是不同的，每个孩子都适合做不一样的事情。

孩子再小，也是一个小人儿，尊重孩子的天性和选择，鼓励小人儿自由体验，自然成长，因为这是他们自己的人生。

有了小孩以后

老舍

艺术家应以艺术为妻,实际上就是当一辈子光棍儿。在下闲暇无事,往往写些小说,虽一回还没自居过文艺家,却也感觉到家庭的累赘。每逢困于油盐酱醋的灾难中,就想到独身一人,自己吃饱便天下太平,岂不妙哉。

家庭之累,大半由儿女造成。先不用提教养的花费,只就淘气哭闹而言,已足使人心慌意乱。小女三岁,专会等我不在屋中,在我的稿子上画圈拉杠,且美其名曰"小济会写字"!把人要气没了脉,她到底还是有理!再不然,我刚想起一句好的,在脑中盘旋,自信足以愧死莎士比亚,假若能写出来的话。当是时也,小济拉拉我的肘,低声说:"上公园看猴?"于是我至今还未成莎士比亚。小儿一岁整,还不会"写字",也不晓得去看猴,但善亲亲、闭眼,还"指令"我也得表演这几招。有什么办法呢？！

这还算好的。赶到小济午后不睡，按着也不睡，那才难办。到这么四点来钟吧，她的困闹开始，到五点钟我已没有人味。什么也不对，连公园的猴都变成了臭的，而且猴之所以臭，也应当由我负责。小胖子也有这种困而不睡的时候，大概多数是与小济同时发难。两位小醉鬼一齐找毛病，我就是诸葛亮恐怕也得唱空城计，一点办法没有！在这种干等束手被擒的时候，偏偏会来一两封快信——催稿子！我也只好闹脾气了。不大一会儿，把太太也闹急了，一家大小四口，都成了醉鬼，其热闹至为惊人。大人声言离婚，小孩怎说怎不是，于离婚的争辩中瞎打混。一直到七点后，二位小天使已困得动不得，离婚的宣言才无形地撤销。这还算好的。遇上小胖子出牙，那才真叫厉害，不但白天没有情理，夜里还得上夜班。一会儿一醒，若被针扎了似的惊啼，他出牙，谁也不用打算睡。他的牙出利落了，大家全成了红眼虎。

不过，这一点也不妨碍家庭中爱的发展，人生的巧妙之处似乎就在这里。记得Frank Harris仿佛有过这么点记载，他说王尔德为那件不名誉的案子过堂被审，一开头他侃侃而谈，语多幽默。及至原告提出几个男妓做证人，王尔德没了脉，非失败不可了。Harris以为王尔德必会说："我是个戏剧家，为观察人生，什么样的人都当交往。假若我不和这些人接触，我从哪里去找戏剧中的人物呢？"可是，王尔德竟自没这么答辩，官司就算输了！

把王尔德且放在一边，艺术家得多去体验。Harris的意见，假若不是特为王尔德而发的，的确是不错。连家庭之累也是如此。还拿小孩们说吧——这才来到正题——爱他们吧，嫌他们吧，无论怎说，也是极可宝贵的经验。

在没有小孩的时候，一个人的世界还是未曾发现美洲的时候。小孩是哥伦布，把人带到新大陆去。这个新大陆并不很远，就在熟悉的街道上和家里。你看，街市上给我预备的，在没有小孩的时候，似乎只有理发馆、饭铺、书店、邮政局等。我想不出婴儿医院、糖食店、玩具铺等的意义。连药房里的许许多多婴儿用的药和粉，报纸上婴儿自己药片的广告，百货店里的小袜子小鞋，都显着多此一举，劳而无功。及至小天使自天飞降，我的眼睛似乎戴上了一双放大镜，街市依然那样，跟我有关系的东西可是不知增加了多少倍！婴儿医院不但挂着牌子，敢情里边还有医生呢。不但有医生，还挺神气，一点也得罪不得。拿着医生所给的"神符"，到药房去，敢情那些小瓶子小罐都有作用。不但要买瓶子里的白汁黄面和各色的药饼，还得买瓶子罐子，轧粉的钵，量奶的漏斗，乳头，卫生尿布，玩意多多了！百货店里那些小衣帽，小家具，也都有了意义；原先以为多此一举的东西，如今都成了非它不行；有时候铺中缺乏了我所要的那一件小物品，我还大有看不起他们的意思：既是百货店，怎能不预备这件东西呢？！慢慢地，全街上的铺子，除了金店与古玩铺，都有了我的足迹；连当铺也走得怪熟。铺中人也渐渐熟识了，甚至可以随便闲谈，以小孩为中心，谈得颇有味儿。伙计们，掌柜们，原来不仅是站柜做买卖，家中还有小孩呢！有的铺子，竟自敢允许我欠账，仿佛一有了小孩，我的人格也好了些，能被人信任。三节的账条来得很踊跃，使我明白了过节过年的时候怎样出汗。

小孩使世界扩大，使隐藏着的东西都显露出来。非有小孩不能明白这个。看着别人家的孩子，肥肥胖胖，整整齐齐，你总觉得小孩们理应如此，一生下来就戴着小帽，穿着小袄，好像小雏鸡生下来就披着一身黄绒似的。赶到自己有了小孩，才能晓得事情并不这么简单。一个小娃娃身上穿戴着全世界的工商业所能供给的，给全家人以一切啼笑爱怨的经验，小孩的确是位小活神仙！

有了小活神仙，家里才会热闹。窗台上，我一向认为是摆花的地方。夏天呢，开着窗，风儿轻轻吹动花与叶，屋中一阵阵的清香。冬天呢，阳光射到花上，使全屋中有些颜色与生气。后来，有了小孩，那些花盆很神秘地都不见了，窗台上满是瓶子罐子，数不清有多少。尿布有时候上了写字台，奶瓶倒在书架上。大扫除才有了意义。是的，到时候非痛痛快快地收拾一顿不可了，要不然东西就有把人埋起来的危险。上次大扫除的时候，我由床底下找到了但丁的《神曲》。不知道这老家伙干吗在那里藏着玩呢！

人的数目也增多了，而且有很多问题。在没有小孩的时候，用一个仆人就够了，现在至少得用俩。以前，仆人"拿糖"，满可以暂时不用；没人做饭，就外边去吃，谁也不用拿捏谁。有了小孩，这点豪气趁早收起去。三天没人洗尿布，屋里就不要再进来人。牛奶等项是非有人管理不可，有儿方知卫生难，奶瓶子一天就得烫五六次。没仆人简直不行！有仆人就得捣乱，没办法！

好多没办法的事都得马上有办法，小孩子不会等着"国联"慢慢解决儿童问题。这就长了经验。半夜里去买药，药铺的门上原来有个小口，可以交钱拿药，早先我就不晓得这一招。西药房里敢情也打价钱，不等他开口，我就提出："还是四毛五？"这个"还是"使我省五分钱，而且落个行家。这又是一招。找老妈子有作坊，当票儿到期还可以入利延期，也都被我学会。没工夫细想，大概自从有了儿女以后，我所得的经验至少比一张大学文凭所能给我的多着许多。大学文凭是由课本里掏出来的，现在我却念着一本活书，没有头儿。

连我自己的身体现在都会变形，经小孩们的指挥，我得去装马装牛，还须装得像个样儿。不但装牛像牛，我也学会牛的忍性，小胖子觉得"开步走"有意思，我就得百走不厌，只做一回，绝对不行。多咱他改了主意，多咱我才能"立正"。在这里，我体验出母性的伟大，觉得打老婆的人应该下狱。

中秋节前来了个老道，不要米，不要钱，只问有小孩没有？看见了小胖子，老道高了兴，说十四那天早晨须给小胖子左腕上系一根红线。备清水一碗，烧高香三炷，必能消灾除难。右邻家的老太太也出来看，老道问她有小孩没有，她惨淡地摇了摇头。到了十四那天，倒是这位老太太的提醒，小胖子的左腕上才拴了一圈红线。小孩子征服了老道与邻家老太太。一看胖手腕的红线，我觉得比写完一本伟大的作品还骄傲，于是上街买了两尊兔子王，感到老道、红线、兔子王，都有绝大的意义！

其实爸妈也是装的

郑国强

爸爸有些话想送给你。

18号是你23岁的生日,接下来这一年你也即将大学毕业走上工作岗位,爸爸有些话想送给你。

爸爸先说一些一直以来你可能不知道的事。

在你四五岁的时候,你特喜欢把小鸡鸡往插孔里塞。当时你真的把你妈吓坏了,她把你小鸡鸡能够到的插座全部用胶带封上。结果有一次,你居然爬上桌子把小鸡鸡往插孔里塞。

你妈快急疯了,问我怎么办。我就弄了个打火机的打火器电了下你的手背,并严肃地告诉你,把小鸡鸡插进插孔里比这要火凶(厉害)一万倍。

从此,你真的不再把小鸡鸡插进插孔里了,而是迷上了拿这个打火器电别人的小鸡鸡。我安慰你妈,电别人的总比电自己的好。

你一定有印象，在你初一的某个晚饭时，我把性书（《金赛性学报告》）放在桌上叫你拿回房间看。你妈说了句，鬼儿吊（小孩子）看这书干吗？还饭桌上拿出来，偷偷放你房间里就是了。

当时你十分难为情地低下了头。

后来我看到《钱江晚报》采访你，你回忆这事时说，其实你是装的，你六年级暑假就看过了。

我要告诉你，儿子，其实爸妈也是装的。

你知道为什么爸爸要在那个时候给你看性书吗？是你妈早上洗到了你画地图的内裤（画地图是我爸对遗精的形象表达），我们商量着是时候该给你性教育了。给你看这书，你妈事先是知道的。她就是怕你难为情，才装自己也不好意思，好给你个台阶下。

所以，以后你工作了千万要记住，大人的心思你是看不透的，别老以为自己灵光（聪明），别人都是老嗨（傻瓜）。人犯嗨（傻）的时候，往往自己不知道。

还有你高一或者高二那年？我记不清了。有一次你妈整理你抽屉，翻出了避孕套，又把你妈吓坏了。问我，这孩子小小年纪怎么就学坏了，这该怎么办？

我安慰她，这总比小时候把小鸡鸡插到插孔里要好吧？

但你妈还是很急，问我怎么办，是没收了还是放回原处？

我说，检查下生产日期，放到抽屉最上面来。

爸爸这么做就是想委婉地告诉你，你干的坏事爸妈都是知道的，所以没有照样放回原处。爸爸是主张你成年后再性行为的，但你如果已经发生了，爸爸也不反对，你能用避孕套，爸爸很欣慰，这说明我们家性教育是很成功的，所以爸爸没有没收你的避孕套。你妈着急爸爸很理解，但是爸爸不急，因为爸爸觉得就算急，也应该是女孩的爸妈急。

从小到大，对于你的爱好，爸爸从不干涉。小时候干涉过一回，干了爸爸这辈子最后悔的一件事，这个待会儿再说。

小学前你酷爱打麻将。你妈反对，我却赞同，我觉得打麻将不仅让你很早地学会了数数、加减和识字，还让你分清左右，大大开发了你的智力。到了三四年级的时候，你已练就了能用手盲摸出所有麻将牌。逢年过节，你就给亲戚朋友们表演。我觉得你很争脸，你妈觉得很丢人，这样下去你会变成赌棍。但事实证明，你现在对女孩子的兴趣远远超过麻将。

后来你学国际象棋，你妈不同意，觉得下棋那是跟遛狗、钓鱼配套的老年人运动。年轻人应该学画画。

后来你淘气，没去你哥那儿学画画，天天摸到文化宫打台球。被你妈发现了，你妈很生气，叫我去台球店拎你回来。

我那次找你的时候，你正在帮老板跟一中年人"打香烟"。老板见了面夸你台球打得相当好，收你当小徒弟，说你在这一带打台球很有名。爸爸确实不懂台球，不知道老板是说真的还是帮你吹牛。但爸爸听了心里还是很高兴的。

但你妈不高兴，觉得打台球是小混混的运动，还不如让你去干老年人的运动。

于是就让你学国际象棋去了。

后来爸爸知道丁俊晖以后，才悟过来原来打台球还能这么出息。如果时间能倒流，我愿意做一次丁爸爸，就算你不是真的丁俊晖，爸爸认了。反倒现在，我心里老觉得是不是把一个台球神童砸自己手里了？后来你下国际象棋，半年后就拿了丽水市第一。爸爸很惊讶。觉得这次得吸取教训，好好培养你下棋。结果不知道为什么，你自己不要下了。你妈不同意，觉得这是一个特长，应该继续培养，以后拿奖了搞不好中考、高考可以加分。当时爸爸就讽刺你妈，不知道是谁以前说这是老年人的运动，没前途。虽然爸爸不知道你为什么不愿意继续下，但是我觉得，既然你不愿意了，逼你也没意思。

如果国际象棋这事，我还能说服你妈的话，那么你休学写小说这事，真的让我们家陷入了激烈的家庭矛盾。

对于你休学写小说这事的成败得失，我们聊过很多次。有代沟，这很正常。你妈当初听到你不想读书想写小说，快疯了，骂你长这么大就没一次让她省心过。也骂我，都是我不闻不问纵容你自由发展给惯的。她觉得，小说什么时候都能写，但读书这玩意儿是不能停的，一旦休学在社会上混了一年，就直接成小混混，不会回去读书了。就算回去读书，肯定静不下心来考上大学。

我说，我相信你会的，因为你承诺过爸爸只需要一年时间实现自己的理想，然后乖乖回去上课。

这个承诺的代价是我赌上了跟你妈的婚姻。你妈当时知道我支持你休学，闹着要跟我离婚，爸爸压力很大。当然庆幸的是，你最后遵守了自己的承诺，用实际行动证明你没有变成小混混，还是上了大学。

你当时质问你妈，为什么不尊重你的理想？你现在长大了，再回过头来换位想一想，我们父子俩尊重过你妈的理想吗？

是的。你妈没有理想。

我跟你妈结婚的时候，我就问过你妈的理想，你妈说，赚钱好好过日子呗，讲什么理想。你妈就是这么传统现实的小女人，干的活是相夫教子，把自己的个人价值依附在家庭上。作为一个独立的个体，她很可悲，但作为妻子和母亲，她很伟大。

她只希望你能好好读书，考上好大学，找到好工作，娶个好老婆，然后生个胖儿子，接着为你的孙子操心。这就是她全部的理想。而你休学后，让她在一堆中年妇女吹牛自家儿子考了第几名时一点都插不上话。她觉得很没面子，她就是那种活在别人眼里的人，她是很累，但她一把年纪难不成我们俩还忍心强迫她改改价值观吗？

爸爸很理解你，休学那一年，你妈的整天唠叨和长辈们苦口婆心的劝说让你很烦躁，压力很大。其实爸妈何尝不是这样。在朋友同事、亲戚长辈面前，爸妈是不负责任的父母，没有把你劝回正道。你奶奶还直骂我毁了郑家唯一的香火，怎么对得起你死去的爷爷。

不过爸爸不后悔自己这个决定，因为我觉得这对于你的人生来说，是一次很好的教育。它让你明白在这个世俗的社会，坚守理想的代价不仅仅需要一个人，还需要一群人。

爸爸可以毫不脸红地吹牛说，是爸爸的强大支撑了你实现理想。我希望你以后也能成为这样的爸爸。

爸爸之所以能理解你的理想,懂你那句"很多理想年轻的时候不坚持,老了就力不从心了",是因为爸爸就是活生生的力不从心的例子。

我29岁娶你妈,30岁生了你。结婚的时候,房子住的是你妈单位分的,工资你妈的是我的四倍。我是汽校毕业的,但不会修车不会开车,只会拍照。因为穷,当时家里的姐妹们甚至你奶奶都看不起爸爸,认为爸爸不务正业,拍照发不了大财。

在一群用钱来衡量人生价值的老嗨(傻瓜)面前,我懒得搭理他们,活在自己的世界里。靠着120块的海鸥照相机,爸爸拍出了这辈子最优秀的作品,在国内外拿奖,真的养活了自己。

直到碰到你妈,有了你以后,我知道光养活自己是不够的,还得养家。虽然你妈丝毫不介意她赚钱来养家,但是我介意。爸爸没有抵挡住世俗的诱惑,妥协了,后来放下了照相机开舞厅、开冷饮店、开餐馆,我安慰自己,赚了钱还可以回来继续实现理想。

但是爸爸低估了钱的力量。

钱让我们住进了大房子,钱让别人看得起我们,同样钱也糟蹋了爸爸最好的年华。爸爸曾经一度钻进钱眼里,除了赚钱,对别的一点都不感兴趣。等到后来觉得赚够了钱，该去重新拾起理想的时候，我悲哀地发现，已经找不到感觉了。我觉得自己很失败，难道我这一辈子勤勤恳恳努力下来就只是为了让当年的海鸥变成现在的尼康吗？就是为了当年睡街头拍照变成现在住高档酒店去拍领导开会吗？

所以爸爸曾经一度把自己的理想寄托在你身上。

爸爸给你取名叫郑艺，就是希望你以后搞艺术。爸爸在你小时候，经常给你介绍照相机，看摄影杂志，但你只对麻将感兴趣。爸爸就强迫你每天听我给你上半小时的摄影课。最后的结果是你把柯达傻瓜机该装胶卷的地方拿来装水。爸爸很生气，当时就给了你一巴掌。这就是爸爸最后悔的事。

在这个社会，理想太容易妥协，欲望太容易放大。

年轻的时候，爸爸立志要成为全世界最厉害的摄影家，后来退到成为全中国第一厉害的，再后来退到全中国最厉害之一，再退到能在浙江省小有名气就好。

而欲望呢？

最开始爸爸没有欲望，拍自己喜欢的，拍自己想拍的东西；后来觉得为了养活自己拍点自己不想拍的也没事；到后来为了能升官，多拍拍领导想拍的未尝不可；再后来只要能赚钱，不拍照也行。

原则（底线）就是这么一退再退，当退到某一天，我拿着相机卖力地拍着领导讲话，你妈打麻将拿着《大众摄影》垫桌脚，我就突然很鄙视自己。我这十几年都在干吗啊？

所以当你姨妈很鄙夷地说，当小学老师能赚几个钱，还不如跟着她开店倒房子。你很幼稚地说，赚钱不是你的理想……

爸爸不理解为什么你会喜欢上小学老师这个工作，就像我很惊奇你怎么能想得出经典丽水话里有那么多的黄色小广告。不过爸爸喜欢看到你投入到自己喜欢的事情中去，并过得快快乐乐。就像爸爸对着《老白谈天》说的那样，你爱干吗干吗，你想干吗干吗，自由发展，爸爸全力支持。

当然随着年龄的增长，你的很多想法会变得更成熟。比如，不是所有妥协都是失败，有时候妥协是为了更大的坚持。

试想，如果你只是一个一线的小学老师，你最多只能改变一个班的孩子。但如果你是一个校长？一个教育局局长？自己办所学校？你想一想会不会造福更多孩子呢？

当然，爸爸不要求你二十几岁就明白这些道理。如果一个人从20岁就开始妥协，做自己不喜欢的事，只为了一心往上爬，那么到了爸爸这个年纪的时候，他绝对妥协成了浑蛋。

爸爸童年里的理想是被人强加上去的。像爸爸现在跑步的时候经常呼一些口号，你觉得很好笑，比如团结紧张，严肃活泼，提高警惕，保卫祖国。但是爸爸当年喊这些的时候可是正儿八经的。所以上次爸爸听你发表理想主义的长篇大论时，爸爸很震撼，你真的不是小孩子了，有自己的想法。

爸爸当时说你不切实际，那是爸爸这个年纪的人本能的回答。后来爸爸睡觉前想了想，为什么很多人一听到理想主义的生活，连试都没有试过就断定自己做不到呢？甚至还要打击试图去这么做的人？爸爸不知道为什么一不小心就成了这样的人。

爸爸知错就改，现在衷心希望你理想主义地活一辈子，也祝福你找到一个同样理想主义的女孩子。如果将来你妥协了，千万别以妥协为荣，也别给自己的妥协找借口，要懂得鄙视自己。

只有不断鄙视妥协的自己，才能坚守住做人的原则。只有不断反省梦想的价值，才不会让暂时的妥协变成永远的放弃。

另外，最近你妈吵着要我一起拿钱出来买房子。她的理由是，一个男人结婚前父母不给他准备房子是很没面子的事。我已经明确告诉你妈了，你将来的房子，我一毛钱不会出，出得起也不会出。我觉得儿子买房不是父母的责任，就算有钱也不出钱给你买房，也不是什么丢人的事。

但是如果你要创业，只要你有一个合适的想法，爸爸做你的股东；只要你想出国留学，爸爸愿意倾家荡产在你身上投资。

唯独房子，我觉得一个男人要靠自己挣。要么你自己一边理想主义地生活，一边挣够买房子的钱；要么就为了房子妥协你的理想；再要么就是有本事找到一个跟你一样理想主义的人，压根不需要买房。这种考验能让你人生变得丰富，并且帮助你长大。

还有顺带交代了后事。

如果我先你妈走，那么我希望你能把你妈接来跟你一起住，就像奶奶现在住我们家一样；如果你妈先我走，我绝不会跟你住，我雇个保姆去大港头租个房子一个人过。

我不需要你来赡养，你过得开心，能成家立业养好自己的孩子就是对我，也是对郑家最大的报答。如果以后有了孙子，而且他喜欢摄影，这可能是我住到你家的唯一理由。

最后，从今年开始，以后每年给你爷爷上坟时，你走在最前头。如果你以后有了自己的房子，那么家里得供着你爷爷，租的房子就算了。

唠唠叨叨写了一沓，最后还得肉麻一下，你是爸爸的骄傲。

生日快乐！

一切顺利！

孩子，我为什么要逼你读书

李月亮

孩子：

开学了，你心情沉痛，抵触情绪严重。

昨晚我催你写作业，你有点烦，说"干吗要逼我，你知道读书多痛苦吗？"

我当然知道，孩子。但我哪怕不逼你吃饭，也得逼你读书，再痛苦也没商量。

我活到现在这个年纪了，20岁时的很多观念都被彻底颠覆了，可就是"一定要好好读书"这件事，我大概会坚持到死。

前几天我和朋友们玩笑式地算过一笔账：一个孩子从小学到本科毕业，一共十六年，如果这十六年不读书花钱，再出去赚钱，那么里外至少是五十万。

可是几乎所有家长都宁可放弃这五十万，强制孩子苦哈哈地去上学。我们又不傻，为啥非得干这种劳民伤财费力不讨好的事呢？那是因为：读书，是回报最高的投入，是世上最光明、最好走的路。你必须和我一样坚信：读书有用。

第一，当然，读书能学知识。

这是开学第一天老师告诉你的，也是现在你能脱口而出的标准答案。但我想你其实并不知道知识的真正用处——除了在试卷上博高分。那我现在告诉你，现在你眼里的死知识，将来都会活过来。你现在学到"旋转"这个词，将来它出现在洗衣机说明书上，你就能懂。如果说明书上所有的字你都懂，你就能顺利学会使用洗衣机。而不是像隔壁目不识丁的奶奶一样，用手机时，要女儿教一星期才勉强会拨电话；用电饭锅的时候，打电话给厂家，扯着嗓子问了四十分钟也没搞明白，到最后她和客服双双崩溃。

语文课上认的那些字，除了能帮你看懂说明书，也能让你恰到好处地表达自己的思想，比如将来向老板做汇报，给恋人写情书。

数学课上那些公式，能让你在买房子的时候迅速算出首付、税费，是贷款还是全款更合适。

地理课上学到的常识，让你知道哪里的鱼最好吃、哪里的咖啡最好喝。

美术课上学的审美，让你知道穿衣服紫配黄会很丑、粉配金是大忌……

知识就是你活在这世界的工具，当你的工具仓库里应有尽有时，你一定能活得得心应手——远行你有飞机、渡河你有轮船、去郊区你有越野车。

而如果你知识匮乏，就等于连破木船都没有，那么三米宽的河就能挡住你，百里之外的地方你一辈子都去不了。我不敢说你现在学的所有知识都有用，但相当大的一部分，会让你受益终身。

到最后你可能忘了"百分比"这个词是语文老师还是数学老师教的，但你会无数次用到它，甚至离不开它。

第二，读书多的人赚钱多。

很多人喜欢哗众取宠唱反调。你说读书好，他就煞有介事地告诉你哪个硕士生在给小学毕业的老板打工。或者，某老太太卖烧饼赚出三套房，而谁家儿子博士毕业还在租房住。

这种事情存在吗？当然。但这是特例。拿特例去推导常理，一点都不科学。就像有人吃饭噎死了，你可以因此劝大家不要吃饭以防噎死吗？

我们必须正视这样的事实：靠卖烧饼赚三套房的人凤毛麟角，更多坐拥三套房甚至十三套房的，是拥有高学历的人。

口说无凭，我特意去查了统计数据：硕士学历以上的家庭比高中学历家庭的富豪比例高三十倍。博士学历的人比高中学历的平均收入高六倍。

就是说，如果你高中毕业，月入四千，那么你读到博士的同学大概月薪两万四。我不是庸俗的人，但必须认真告诉你：对我们平常人来说，钱真的很重要。钱不一定是幸福之源，但没钱很可能是痛苦之源。

现在你花我的钱，没感觉，将来你长大成人不再依附于我，就会知道钱是生活里多么重大的事项，万一钱非常不够花，会有多惨。你可能为了省一块钱走三站地；可能不敢赴同学的饭局，因为下次回请不起；可能因为交不起房租，今天都不知道明天住哪里。还有，将来你结了婚，就算对方是最爱的那个人，你们也必将面临层出不穷的矛盾。而穷会严重加剧矛盾，有钱就会好很多。比如没钱，你们可能为对方买两斤新鲜樱桃吵翻天，为亲戚来了洗澡浪费水而怄气一周，但有钱谁在乎这些？没钱你们可能为谁带宝宝而闹得快离婚，但有钱的话你们请个24小时保姆就OK了。类似的事情不胜枚举。

总之，人世艰难，这一生你会遭遇很多困境，会常常力不从心，会不时感到孤独，但有钱就会好很多。当然，你不用非得赚大钱，我只希望你尽力让自己过得好一点，不要那么窘迫。

第三，读书能让你活得通透而精彩。

小学毕业和博士毕业的差别，可不是一个月入四千一个月入两万四的区别，比这重要十倍的是，这两种人，过的是不一样的人生。

拿脚趾想想也知道，卖烧饼赚三套房的大妈，精神世界会比租房子的博士更丰盛吗？上次我们去听一个教育专家的讲座，回来后你赞叹不已，说那专家好优雅好睿智。你一定也能想到，这优雅睿智背后，是博学在支撑着。是脑子里的学问，让她想得通，也讲得出许多特别有道理的道理，让她看起来如此迷人。否则，一个人如果愚昧粗俗、出口成脏，不管颜值多高你也不会喜欢他吧。而博学可不是一天成就的，那需要付出多少苦功夫，才能一分一毫地达成。这个过程很煎熬。一来辛苦，二来短期不见成效。很多人就是因此放弃了。就像你现在学啊学啊，但也并不清楚学这些有什么用，所以烦躁、气馁，找不到意义。我觉得你也不用非得搞清楚，你只要知道，你认的每个字、学的每个数学符号都有用就行了。因为有无数前人替你探过路了，沿着这条路走下去，是一片灯火辉煌。

我去年回老家，有天约了保洁到姥姥家打扫卫生。没想到来人居然是我的初中同学，而且当年关系还不错。我们认出彼此后，迷之尴尬啊。为了避免她擦地板我看电视的可怕场景，我陪着她一边干活一边聊天。

她初中毕业后就给人打工了，这些年卖过冷饮、送过快递，做过饭店、酒店、熟食店的服务员。她伸着粗糙的双手跟我比，说你看看，当年都在一个教室里听课，写一样的作业，现在差距怎么这么大。她对我的生活充满好奇，问我出没出过国，怎么用电脑赚钱，坐飞机会不会晕机……我一再说其实我也是无比普通的小市民，但在她眼里，我必须是极其高大上的。

我后来想，她眼里闪烁的羡慕，不是因为我多高，而是她太低。我觉得自己本科毕业平平无奇，但她觉得大学特别神秘。我觉得出国已经像去超市一样容易，但她觉得那像飞离地球一样离奇。她一直说后悔小时候没好好学习，甚至能说出最后悔的是哪个学期——小学三年级下学期，因为换了不喜欢的老师，就常逃课，逃着逃着就跟不上了，越跟不上越不喜欢学，勉强熬到初中毕业，哪儿也考不上，只好回家。

可能很多读书少的人都是这样。少时无知，不懂学习的重要性，整天以蒙混过关为乐，后来大了，知道自己傻了，也晚了，人生已经被狭促定格，这世上很多别人可以随意穿行的美好的门，他都够不着，也打不开了。

他看不懂最庸俗的美剧，也欣赏不了名画的妙趣。

他对乔布斯的苹果、三毛的撒哈拉、梅兰芳的《贵妃醉酒》闻所未闻。

他不懂什么叫情商，不能体谅别人，不会好好说话。

他不懂教育，要么把孩子打哭，要么被孩子气哭。

他在鸡毛蒜皮、鸡飞狗跳里，耗尽宝贵的一生。

孩子，我特别怕你活成这样。平凡不怕，我怕你无知。辛苦不怕，我怕你无能。独特不怕，我怕你无趣。失败不怕，我怕你无望。

而不让这些害怕成真的唯一途径，就是好好读书。知识和书籍，是人类最昂贵的宝藏，那是集合了世上无数最牛大脑倾尽才华攒下的，而你此刻，就站在这宝藏里，只要肯付出辛苦，就能将其据为己有。

你如果真聪明，就一定会知道这笔买卖太划算，就算千辛万苦，也该把它们尽量多地藏在自己身上，骄傲地带走。这些宝贝会无数倍地提升你的价值。没有它们，你的价值可能就是一双手和一身蛮力。有了它们,你就有了千军万马的能量,因为有无数牛人在背后悄悄托着你。

到未来某日,你干一天活能得到别人一个月的钱,能赢得别人一辈子赢不来的尊重,能真真正正让这世界变得更好……你就会发现,你拿到了通往世间美好的门票,你曾为读书付出的所有辛苦,都得到了巨额补偿。

所以亲爱的,多多加油吧,虽然现在很累,但将来朵朵花开,一定会很美。

写给3岁儿子的信

杨一晨

突如其来的"第一封信"

2021年6月3日中午1点,宁[1]告诉我孩子的幼儿园(幼儿园前的预备班)让家长代孩子写信,信的主题是"给2049年自己的一封信"。这封信当天下午就要交,第二天就要埋在地里,等2049年祖国百岁生日时再打开,这意味着我给孩子写的第一封信就要"质保"近30年,这可真难为人。

此刻,我与琥珀四重奏的伙伴们正处在极度紧张的排练中。3天后,我们将在国家大剧院演奏一整场贝多芬的弦乐四重奏作品。这是一场艰难的音乐会,曲目包括早期作品Op.18/3、辉煌的

1　此处指夫人宁方亮。

中期作品Op.59/2，以及令人费解的晚期作品Op.135。两周前这场音乐会的门票就已经售罄，据说创造了大剧院弦乐四重奏票房的新佳绩，这无形为排练增添了额外的压力。

最锋利的矛与最坚固的盾

演奏一整场贝多芬的弦乐四重奏是极为艰难的挑战，这些作品是深思熟虑的杰作。贝多芬在26岁时意识到自己听力逐渐下降，32岁时贝多芬在极度痛苦中写下了著名的《海利根施塔特遗嘱》。虽然这是一封遗嘱，但是更像贝多芬寄给"命运"的挑战书，其中有耳疾带给他的无助、自卑与孤独，也有对抗命运的意志和无惧死亡的勇气。

这一切都体现在贝多芬创作的16部弦乐四重奏作品中。当音乐中的"痛苦、焦虑和自我约束"经过不断积累变得越来越稠密时，量变成为质变，痛苦成为欢乐，焦虑成为怜悯，约束成为自由。此后耳疾如幽灵一样折磨着贝多芬，有些时候他听不到声音，有时候他会听到常人难以忍受的噪声。在贝多芬生命的最后几年中，他说自己偶尔能听到音乐。

在个性和命运的塑造下，贝多芬成为一个情绪起伏非常大的人，极其强烈的性格反差在他的音乐中化为一种不可思议的东西：最锋利的矛也是最坚固的盾。

当演奏者体验了贝多芬式的"矛盾"时，才能理解贝多芬为何不朽。此后贝多芬会将演奏者引向"征服与自我征服"的螺旋台阶，越激动的时候越要克制，越克制的时候越要激动。在这条路上弦乐四重奏的演奏者是最幸福的，他们可以借助贝多芬临终前创作的一系列弦乐四重奏走进贝多芬最后的孤岛，在其中探险且并不孤独。

牢牢卡住

说回写信的事。有孩子前匆匆忙忙，有孩子后手忙脚乱，比如写这封信时，我在家里能找到的唯一一个整洁的平面就是谱架，于是我就趴在谱架上开始思考。

也许是怕家长们写作时找不到方向，幼儿园贴心地附了一份图文模板：在图片中，一位女士拿着麦克风站在讲台上，通过女士的神情可以想象她正掷地有声地朗诵，在她旁边则有三个心不在焉的孩子。图片下面是信的内容："大家好！我是×××的妈妈，我代表孩子分享他的梦想……他未来想建造一种移动的房子……他想发明一天之内开花结果的植物……他想成为奥特曼保护别人……他想成为一个超级科学家，让每个人拥有最强大脑，等等。"

这份模板没有给我任何启迪，反倒是其中的第一句话将我牢牢卡住了：我如何代表我的孩子写下他的梦想？

有梦，但还没有梦想

今年，我的孩子三岁。两年前他会直立行走，一年前他能说出通顺的句子，现在他虽然能说出不少事物的名字，但是还无法理解每个名字背后复杂的故事。最近他在睡觉时偶尔会说梦话，这意味着梦开始混入现实，就像在一首温暖的大调作品中混入忧伤的小调一样。

坦诚地说，我认为他现在有梦，但还谈不上有梦想，因为他尚不知道"梦想"意味着什么。作为写给孩子的第一封信，我实在不忍在这张白纸上写下自己的梦想，然后将这顶"大帽子"随意扣在孩子脑袋上，毕竟帽子太大，容易掉。

说实话如何？根据我与孩子此前有关梦想的对话，我只需要写一句话。当我把这句话敲在屏幕里,一个画面跳到我眼前:2049年时,这小小的幼儿园经历无数老师与小朋友的建设如博物馆一般屹立于这里,老师不舍昼夜地看护着封存于土壤中的信,就像收藏家守着自己的宝物一样尽职。已经苍老的我与正值壮年的孩子在祖国百年庆典的礼炮声中共同打开这封存了近30年的信,在饱经岁月洗礼的陈旧的纸上写着这句话——"我梦想有多多的小汽车"。

这个场景突然停在这里,连礼炮都哑了。直觉告诉我,父亲给儿子的第一封信不能这么写。

苛刻与期待

有些时候记住一件事不容易,有些时候忘记也不容易,比如忘记这幼儿园提供的模板。幸好迫在眉睫的音乐会又让我想起了贝多芬。

贝多芬没有孩子,他抚养了自己的侄子。这个侄子在贝多芬严苛的教育环境中自杀未遂。事后贝多芬失去了侄子的抚养权,侄子离开贝多芬后选择参军,最终成为一名军官。整件事对贝多芬的打击很大,一方面是争夺抚养权的官司让他心力交瘁,另一方面则是侄子离开他却过得更好这个事实。

在音乐史中，伟大的音乐家总是对自己有苛刻要求的人。音乐家们总是期待现在的作品能超越自己之前的作品，未来的作品能超越现在的作品，如果不能超越，至少也不能和之前一样。

贝多芬的一生就是自我超越的一生，他在临终前谱写的晚期弦乐四重奏中，自我超越的时间维度拉长到了至今无法确定的界限。在贝多芬逝世的百年后世人才逐渐理解贝多芬在生命末期走向哪里，至今这些弦乐四重奏在音乐史中都被称作"最令人费解的永恒的谜团"，作家米兰·昆德拉则直截了当地将这些作品称为"一个奇迹"。

期待的尺度

当一个人对自己要求越苛刻时，意味着他对自我超越的期待越强烈。这种期待放在自己身上也许可行，但放在教育中却是相当危险的。父母经常会无意识地将自己强烈的期待寄托到孩子身上，比如出身名校的父母期待孩子也能出身名校、喜欢音乐却没能成功的父母期待孩子成为音乐家，等等。

父母期待孩子超过自己，或至少和自己差不多，这是人之常情，然而孩子不一定能超过自己的情况也时有发生。因此每当我对自己的孩子（或学生）抱有期待时，我总会问自己这份期待的尺度是多少。

期待是有惯性的，当被期待的人回馈越好时，我们的期待就越多。没有尺度的期待会逐渐变成一个装满焦虑的巨大泡泡。当这个泡泡被某个事实击穿后，焦虑会如洪水一样倾泻出来淹没所有人。毕竟期待越大，失望越大。因此，我们应当给期待以尺度，这个尺度因人而异，父母与老师需要细致地把握分寸。

贝多芬对于侄子强烈的期待就是一个例子。贝多芬炽热的爱并没有将他侄子炼成钢铁，反倒将其摧毁。我们总说"己所不欲勿施于人"，有些时候"己所欲也要勿施于人"。

想到这里我大致弄清了自己应该写什么。我无法代替孩子写下他的梦想，这应该是他自己去寻找的，但是我可以写一些温和的期待，尝试引导他去发现自己的梦想。

一个小时后这封信在谱架上写好了，第二日它被装进了厚实的金属罐里，颇具仪式感地埋在了幼儿园的空地里。

看着那个厚实的金属罐我暗自期待："说不定这封信真能在地里活到2049年呢。"很显然这个期待的尺度超过了梦想，接近于梦。

信写好了

《致二〇四九》

此刻，宁一三岁，二〇四九年时三十一岁，与正在写下这些文字的父亲年龄相仿。

对于三岁的孩子而言，"未来"这个概念是朦胧的景象。因此在这封写给二〇四九年的信中，我不能代替他表达某个宏伟的理想或对于未来的具体描述。虽然如此，在与宁一相处的时光中，我发现每当他完成了一件了不起的事情后总会兴奋地说："我长大了！我成为爸爸了！"

不知不觉我成为他的榜样。从这个角度我写下一些对于他的期待，我想这是可行的。

我期待二〇四九年的宁一，能像你的曾祖父一样，在某个领域为中国实现历史性突破成为后辈的楷模。

我想那时你已经懂得生活中的喜怒哀乐与悲欢离合，经历过痛苦与忧愁，体验过孤独与自由，甚至强大到能够直面自己生命终点的样子，我期待你经历这一切后仍然眼中有光，如灯塔一般点亮漆黑的夜。

我期待你有一个幸福的家庭，能成为家里的顶梁柱，你的孩子能以你为榜样。期待你与爱人志同道合，长相厮守，享受生活中的鸡飞狗跳。

二〇四九年，祖国百岁。那时中国应该在多个领域成为傲立于世界的强国之一，但是我想在艺术、音乐等领域中国仍有很大的成长空间，正如西方音乐中心在古希腊、意大利、德国、法国、美国之间的流转一样。二〇四九年的中国所面对的国际形势仍然是复杂多变的，看得见与看不见的战争仍然在继续着。

宁一，你出生于和平且逐渐富裕的中国，你的父亲是坐着自行车长大的，你是坐着汽车长大的。二〇四九年时你不会像你的父亲一样为房子而忧愁，但是你将面对的问题、遇到的挑战将是你那个时代的困境，我希望你能肩负起责任，迎难而上。

你的父亲无法预判属于二〇四九年的困境，但是我想它们仍然是关于"人的困境"。因此期待你多读经典，读小说、读历史、读哲学、读诗歌。多看经典，看植物、看动物、看山河、看星空。期待你多听经典音乐，它能帮助你屏蔽杂音，听到自己内心的声音。

最后，祝福你身心健康地庆祝二〇四九年自己的生日。我和你的母亲期待看到那时你的样子。

杨一晨写给杨宁一

2021年6月3日

辑三 人生没有标准答案

人生何必处处拿第一[1]

刘墉

今天下午,你去上中文课之前,我看见你不断地翻书,一边翻,一边数,然后得意地说你这个礼拜读了两千多页的课外书,一定能得奖了。

过去的两个礼拜,爸爸也确实看见你每天才吃完饭,就抱着书看,爸爸还好几次对你说:"刚吃完饭,应该休息休息,让血液去肠胃里工作。如果急着看书,血都跑到脑子里去了,会消化不良。而且刚吃饱比较糊涂,读书的效果也不好。"

只是不管爸爸怎么说,你都不听,才把书放下几分钟,跟着又拿起来。你读书的样子好像打仗似的,好快好快地翻,读完的时候还大大地喘口气:"哇,我又读了一本。"

---

[1] 文章选自《做个快乐读书人》。

现在，爸爸终于搞懂了。原来你们中文班上有读书比赛，每个礼拜统计，看谁读得多。

爸爸不反对这种比赛，它确实鼓励小朋友读不少中文书。只是，爸爸也怀疑你到底能记住多少，又读懂了多少。

如果你只是匆匆忙忙地翻过去，既不能咀嚼书里的意思，又不能欣赏美丽的插图，甚至不能享受那些故事，获得读书的乐趣——

你读得再多，又有什么意义呢？

还记不记得两三年前，有一次爸爸妈妈带你去自然历史博物馆，进门时，有人发个小本子给你，说"欢迎参加发现之旅"。

原来他们在博物馆的各个角落，设立了许多站。每到一站就可以盖个章。一整本都盖满章的小朋友，则能得到一份小奖品。

爸爸也非常欣赏博物馆的美意，知道他们希望借着这个方法，使小朋友能到每个展览室去参观。

只是，那天没见到几个细细参观的小朋友，倒是见到不少家长，疲于奔命地跟着孩子跑来跑去——包括你的爸爸妈妈在内。

你也得到了一份奖品。但你想想，我们去博物馆那么多次，你那次是不是最累，却最没看到什么东西？

读书就跟到博物馆一样。你可以"精读"，从头到尾只待在一间展览室里,研究一两样东西;你也可以"浏览",到处走走,遇到感兴趣的,就多读一下展品的说明。

读书也可以像是参加"发现之旅"的比赛。大家拼命读、拼命冲,比谁读得多,谁考得好。只是到头来,很可能没见到多少,没学到多少,徒然得个虚名,却浪费了时间又搞坏了身体。

在这儿爸爸要告诉你两句孔子说过的话——

孔子说:"把已经学过的东西,常常拿出来温习,不是很喜悦的事吗?"(语译)

孔子又说:"只知道学习,却不进行思索,到头来等于白学;只靠思索却不去学习,则变得危险了。"(译意)

在孔子的这两句话里提到了三个词,也就是"学""习""思"。

"学"是指"学新的东西"。

"习"是讲"温习",也就是把学过的东西再温习一下。

"思"是讲"思索",让学到的东西能在脑海里多打几个转,甚至引发一些自己的想法,产生一些自己的创意。

现在,爸爸要问你,你这个礼拜读了两千多页的书,算是"学",是"习",还是"思"?

你的答案大概只有"学"吧!

孩子！你总是去图书馆，那里的书是不是好多好多，让你读一辈子也读不完？

如果有个人天天都去读书，一辈子读了几千万页的书，他还有时间写文章、写书，或把学到的东西拿来使用吗？

这也好比前两个月，爸爸说要种番茄，从图书馆里借了七八本教种番茄的书，爸爸一页一页地看，只怕到现在还在读书，我们的后院又怎么会有已经结了的番茄呢？

所以，书虽然不会动，像是"死的"，但是里面的学问是"活的"。

那活的学问又好像种子，你必须把它拿出来，播到土壤里，每天浇灌，常常施肥，才能长出果实。

如果你根本不把种子拿出来，或播完种，却忘了，任它自生自灭长一大堆杂草，是不可能有好的收获的。

孩子！爸爸不要你拿第一，只希望你做个快乐的读书人，而且快乐地读，快乐地用，常常温习，常常思索。

我希望你每星期只读一两本书，却能在读完之后对我提出很多自己的想法，甚至有一天对我说：

"爸爸！你看我也模仿那本书，写了一个小故事，我还画了几个插图呢！"

写给孔子的信

简媜

孔子先生:

您好!

很不好意思占用您的宝贵时间,我是您的崇拜者,现在在做家庭主妇,我一共生了三个孩子,有一个老公。

实在是很不得已的啦,我也不知道您家电话(查号台没有登记),只好写信;我也没有念很多书(因为家庭环境不是很好,只念到小学三年级就完毕了),如果讲得不清楚,请您不要见笑。

我不是有三个小孩吗?生也是我,养也是我,教也是我,我那个老公只管赚钱,只会"呷得肥肥,装得锤锤",什么都不管,他连小孩念几年级都不知道。现在大的念高二,老二升初三,最小的小学六年级;功课都在四十名左右,反正不要"吊车尾"最后一名就可以了。可是，最近半年来，我实在"强强欲抓狂"，电视说好多初中生、高中生跳楼自杀，有的死成功，有的没有成功，我看得心脏都快要停掉了。您知道吗，我家住八楼，我很害怕小孩会从窗户跳下去，所以就叫人来装铁窗。可是也有的小孩在学校跳啊，那我又不能叫校长统统装铁窗。我老公看到这种新闻就会发脾气，那个报纸跟新闻都有把小孩的父母照出来、名字写出来，我老公就骂小孩说："你们要是敢去跳楼害我上报，没跳死我也把你像'揉'蚂蚁一样'揉'死！"我实在很舍不得那些小孩，也替他们的父母心酸，养一个小孩到十六七岁很不简单的咧，要花很多辛苦的咧，他跳完就去了，可是他父母还在活，以后他妈妈听到别人说"我小孩怎样怎样"时，心会像刀子在割，那个头永远抬不起来。报纸、新闻又把父母名字写出来，看起来好像他们害死小孩一样，有够没天良！孔子先生，我很不了解为什么小孩吃饱了要去跳楼，您比较有智慧，可不可以劝他们一下，就说是，父母生你养你，没有功劳也有苦劳，做父母的很痴情的，就算小孩出生的时候算命仙说他到十七岁会去跳楼，做父母的也会很痴情把他养到十七岁的。孔子先生，拜托您一定要把这个意思讲给他们听，要不然，"砰"，跳一个；"砰"，跳两个，那我们女人再会生也不够他们跳啊，对不对！

另外，我家这栋楼的妈妈们常在一起聊天，她们有的想把小孩送到外国，有的把户口迁到好一点的学区，听说这样小孩才会考上好学校。我也很想这样做，可是因为我先生不是很会赚钱（房子还在贷款呢），我又听她们常常在比送什么礼物啦，请家教啦，上补习班啦，好像那个好学校的好班要花很多钱的样子。有一次，有个妈妈就在叹气之后提到您的大名，说："要是孔子在就好了！"我第一次听到"有教无类""自行束脩以上，吾未尝无诲焉"的教育理想。我知道"有教无类"就是"有给他教，没有给他分类"，"束脩"就是肉干（我有去查字典）；我觉得您实在有够厉害，心肠这么好，观世音菩萨会保佑你们全家的！您可不可以出面去跟那个教育部部长讲一下，不要给小孩分类。又不是环保署，要分玻璃罐、铝罐对不对！还有，您可不可以上电视跟做父母的讲，不要逼小孩一定要考上建中、北一女、台大嘛，念书跟吃饭差不多，要是小孩的胃很小，你逼他吃大胃才吃得下的东西，那他的小胃就会爆炸，像我小时候帮家里卖鸭，为了重一点，拼命用唧筒灌饲料，就把鸭子的胃灌破了！我觉得小孩健健康康，长大不要去抢银行、杀人就好了，你逼他拿第一名，就算是全校，也不是全国、全世界第一啊！像我，就不会逼小孩考第一，因为我不是第一名妈妈，怎么可能生出第一名的小孩呢？对不对？

不过，我听那些妈妈在讲，好像现在的教育问题很严重。我不像她们有学问、会讲话，所以就想写这封信给您，请报社帮我转一下，我是想说，既然您教书的口碑那么好，不知道您有没有开暑期辅导班？我有去侧面打听啦，听说您的学生没有念到一半去跳楼、自杀的，我想请您"出山"来教我的小孩，这样我就不必提心吊胆了。可不可以请您寄招生简章跟报名表给我（要十份，隔壁陈太太、三楼李太太、四楼林太太……都要）。

还有，不知道您比较喜欢吃"新东阳"肉干还是"黑桥牌"，一百盒够不够？

还有就是说，孔子先生，肉还是不要吃太多比较好。

敬祝

健康

简太太敬上

几天后，这封信被退回，原因是：查无此人。

高考后给孩子的一封信

陈半丁

高中三年，你的主要奋斗目标是高考，中心工作是学习。在学习这个事情上，主要靠你个人努力。现在高考结束了，你还有两个多月就年满十八岁了。在今后的人生旅途，除继续抓好"活到老学到老"的学习，还要增强做好人做好事的思想自觉和行动自觉。

你是一个懂事、成熟的孩子，对你的做人做事，爸爸妈妈是满意的。爸爸提这个话题，是因为做人做事是一个永无止境的过程，没有最好只有更好。

爸爸在这方面并不优秀，常常会为说错话做错事而后悔。但我要履行好爸爸这一职责，则必须尽心尽力地分享自己的认识体会。

爸爸希望你在时间上用"一辈子"，在空间上"无死角"地做好人做好事，将来无论你上什么大学、干什么工作，只要做人做事到位了，爸爸就认为你成功了，否则学习再好事业再大也是失败的。

今天，简要谈谈九个方面粗浅的体会，以此共勉：

第一，做一个有理想的人。应时常仰望星空，不断厚植家国情怀，自觉地为祖国、为人民奉献一切才智，努力成为一个对社会、对集体有贡献、有价值的人。

第二，做一个善良的人。无论处于什么情况，无论面对什么样的人，都要做一个对得起良知的善良人。要慎独、慎微、慎小，勿以善小而不为，勿以恶小而为之。要做讲诚信的人，言必诺，诺必行，行必果，千万不要做失信的人、让人不放心的人。行善也是有原则、有底线的，不做"农夫与蛇"中的农夫。

第三，做一个温暖的人。不断增强关心、关爱他人的意识与能力，做人做事要给人以春风化雨般的温暖，努力让周边的人感到舒服。在任何情况下都要尊重他人，不逞"赢在嘴上"的口舌之快。

第四，做一个独立思考的人。切忌人云亦云，努力养成三思而后行的习惯。保持定力，不惧孤独，不随波逐流，确保自己的人生之船始终朝着正确航向前行。

第五，做一个勤奋的人。"天道酬勤""一分耕耘一分收获"等古训都是先贤们智慧的结晶，应自觉地传承好。勤奋这事说易行难，谁勤奋，谁就能走在时代前列。要过勤奋关，需增强责任心和担当意识，然后一步一个脚印、只争朝夕地奋斗。浪费时间就是浪费生命，做个有时间规划的人，时刻保持"莫等闲、白了少年头，空悲切"的紧迫心态。

第六，做一个善于团结的人。团结就是力量，团结出生产力。唯有团结，才能为自己的成长营造良好、愉悦的外部环境。真团结是大智慧，善团结是大本领，要登高望远、海纳百川，主动团结他人，尤其要努力团结与自己意见不一致的人。品格要高但不能高冷，要明事理、接地气，做个合群的人，所谓"世事洞明皆学问，人情练达即文章"。

第七，做一个执行力强的人。"一分部署，九分执行。"很多时候，我们缺少的不是点子和目标，而是追求实现目标的执着。要做行动派，做靠谱的人、干靠谱的事，不做言语上的巨人、行动上的侏儒。

第八，做一个终身学习的人。当今世界处于百年未有之大变局，"半部论语治天下"的说法早已成为过去式。不学习或者学习不够，一定会遭遇本领恐慌。增强做人做事的本领，没有捷径，只有不断学习、善于学习、终身学习。一位伟人说过："可以一天不吃饭，但不能一日不读书。"既要读有字之书，也要善读无字之书。所谓读万卷书、行万里路。要带着思考读书，还要努力把思考转化为文字。

第九，做一个"学哲学用哲学"的人。哲学是使人聪明的学问，是教人做人做事方法的学问。多学一些辩证法，努力掌握认识世界和改造世界的思想武器，以从容的心态工作和生活，争取做到不以物喜、不以己悲，做情绪的主人，不做情绪的奴隶。

一位父亲的教育选择

沈佳音

白卷和33分

蔡朝阳,家住绍兴,人称"麻辣语文教师",曾和朋友合著《救救孩子:小学语文教材批判》一书,引发轰动。但当他的儿子菜虫面临小学择校时,他思虑再三,还是选择让儿子上公办小学。原因有三:首先,读公办小学是最经济划算的;其次,也是最核心的一点,在公办小学,菜虫可以遇到足够多的同龄人,满足他与同龄人交往的需求,发现与他相似或者截然不同的孩子;最后,他认为,小学里的课程、成绩之类的不甚重要,重要的是好习惯的培养,比如每天阅读的习惯、每天有一段时间安静地待在书桌前专心做某事的习惯。

最核心的要素仍在于家长。开放的观念与温和坚定的信念,可以使家长更有力量。

蔡朝阳家的房子原本对应绍兴当地最好的小学,但他卖掉学区房,放弃让孩子读名校的机会,为孩子选择了并非名校的蕺山小学,理由是"环境好,作业少"。

蔡朝阳想让孩子有一个完整的、不急功近利的、有足够时间去虚度的童年,"上小学,学校不是决定性的,童年才是一个人至关重要的时期"。

自然,他不会给儿子额外布置课外作业,也不会给他报任何学科的辅导班。

不过,开学一个月后,蔡朝阳就接到了老师的电话。老师的声音里透着担忧:"菜虫爸爸,今天考试,虫虫一道题也没做,把空白卷交了上来。"

挂了电话,蔡朝阳没有紧张,只是有些好奇。下午菜虫放学后,他问:"菜虫,你们今天考试了?"

"嗯。"

"那你考了几分啊?"

"我没有分数啊。"

"没有分数?"

"爸爸,什么叫考试啊?"

原来，菜虫不知道什么叫考试，这是他人生中第一次遇到这个叫作"考试"的怪物。考试的40分钟里，菜虫在玩切橡皮。这是开学的最初一个月里他和同桌最喜欢玩的游戏。

没过几天，菜虫回来跟他说："爸爸，今天考数学了，我考了33分。"

这就是菜虫求学生涯的开端。后来他再没有交过白卷，但也谈不上逆袭。对于儿子的成绩，蔡朝阳和妻子的态度是，不做过多的评价。若分数高，就简单表扬一下；若分数低，则顾左右而言他。

人生很漫长，因而童年的准备阶段尤为重要，这个准备不是指分数名列前茅，也不是指品学兼优，而是在意志、品质之外，始终保有那种与生俱来的、对万事万物的好奇心。

身为教师，多年来最令蔡朝阳感觉力不从心、无从帮起的，就是那些丧失求知欲的孩子。他说："关于养孩子这件事，谁没有过满满的挫败感和无力感呢？"但他和妻子有一个最重要的原则："焦虑是我们自己的，我们自己去承担，不要把焦虑转嫁到孩子身上。"

生活中，蔡朝阳和妻子也一直被亲友指责过分宠爱孩子，没有原则。蔡朝阳却觉得自己育儿从不"佛系"，但也不"鸡娃"，只是大家在乎的东西不一样。"我在乎的是什么呢？我在乎的是他成为一个能够自我负责的人，有自我管理能力的人。我的理念是温和而坚定，自由而不放纵。"

你的孩子，值得你信赖

不过，在菜虫小学升初中时，蔡朝阳还是买了一套学区房。

菜虫上四年级时，原来和他在同一所小学的三个熟悉的姐姐，都上了初中。其中两个进了同一所普通学校，另一个去了一所名校。

开学一个月后，菜虫参加聚会时碰到三个姐姐，听她们各自吐槽自己学校的各种规定：不准戴头饰、不准戴挂件、不准涂指甲……作业还多得不得了，要做各种试卷，据说作业时常会做到半夜。

这两个姐姐吐槽时，名校的姐姐一直不作声，突然轻轻地说了一句："这算什么啊！在我们学校，不准笑。"

菜虫正在拿筷子夹肉，惊得肉都掉了，问："不准笑？"

接下来几天，菜虫就开始"未雨绸缪"，催促妈妈："该买学区房了，我要去那两个姐姐上的学校，而不是那所不准笑的名校。"

蔡朝阳夫妻俩按儿子说的办了。

但是初中跟小学完全不一样,一进去,就面临中考的压力,每个孩子都没有办法躲避。入学摸底考时,菜虫的成绩很差,数学和英语都没有及格。

面对菜虫的成绩,蔡朝阳真的不焦虑吗?

"肯定焦虑啊。孩子上小学时我焦虑,上初中时我也焦虑,但是焦虑是没有用的,消除焦虑最好的办法就是化焦虑为动力。"蔡朝阳把自己消除焦虑的办法总结为6个字:管住嘴,迈开腿。"如果你焦虑,那就管住你的嘴,不要在孩子耳边念叨;迈开腿,到外面散步去,不要在孩子身边待着。把学习交给孩子自己,你就去做一些你可以做的事,力所能及、能够帮到孩子的事。"

还有一个策略:就事论事,见招拆招。"孩子学习成绩下降了,没关系,把这个问题解决掉,找到根源,不要说我们的孩子完了,怎么办。有一部印度电影《起跑线》,影片里有一对买了学区房的夫妻,老婆永远在担心孩子要是不读好学校,将来吸毒了怎么办,你不要认为你的孩子这次单元考试成绩下降,他将来就会学坏。"蔡朝阳说,"我上初二、初三的时候,还是一个浪荡少年，每天跟一帮小混混在街上玩，打电子游戏、打台球。寻找自我是一个缓慢的过程，我是在20岁以后才找到自我的。你的孩子，值得你信赖。"

尽管已经选择了学业负担相对较轻、管理相对宽松的学校，菜虫还是不喜欢自己选的这所学校，觉得学业很艰辛。有一天，他突然问蔡朝阳："爸爸，你以前不是说让我读国际学校吗？"蔡朝阳说："读国际学校也是有门槛的，要学英语，要考试。"菜虫说："爸爸，你给我报个英语班。"

于是，菜虫第一次上补习班。补习班的老师对蔡朝阳说："你们家的孩子，跟其他孩子不一样。别的孩子都是父母逼着来的，只有他是自己要学。"

这是菜虫在学习上最投入的一次。他的英语成绩突飞猛进，他当上了英语课代表，还在学校得了"腾飞奖"。

在变革的时代，教育何为

菜虫的成绩的确不算好，蔡朝阳对此也毫不讳言："我不会把我的孩子塑造成很成功的学霸形象，他不是的。到目前为止，他还不是一个非常优秀、非常杰出的小孩，但是他从小学到初中再到现在上国际学校，我都看到他在持续地进步。"

他给儿子起名"菜虫"，虫子很渺小，但是虫子有虫子的自我，它不需要为了别人而改变自我。或许有一天，它还会破茧成蝶。

"菜虫是一个独特的小孩。我们不期待他出人头地或出类拔萃，而希望他能以自己觉得舒服的方式，生活在这世上。"他相信菜虫是有后发优势的。

有一次，在从上海回绍兴的车上，蔡朝阳和菜虫讨论为什么有的父母费尽心思让孩子去接受各种各样的好教育，去名校就读，等孩子大学毕业后却让他们回到家乡，在自己身边做一名公务员。"你的孩子，他的征途可能是星辰大海，而我们做父母的，为什么要限制他？"

他打趣说："为什么很多男人30岁以后就不再进步了？因为他们没有自我，生活都是父母安排的。他们常这么想，父母逼我上大学，我上了；逼我去当公务员，我当了；逼我去结婚，我结了；逼我生孩子，我生了。30岁以后我的人生我做主，我要去玩了！为什么我专门指责男人而不说女人呢？因为很多女人30岁以后当了妈妈，这个身份会让她们有巨大的动力去学习。"

蔡朝阳喜欢说一句话："爱你所爱，如其所是。"你爱你的孩子，就要让你的孩子成为他自己。

蔡朝阳的一个朋友开了一家游戏公司，公司里最厉害的设计师其实是一名厨师。在做设计师之前，他做了6年厨师，因为他父母觉得家财万贯不如薄技随身。就这样，这位最棒的美术设计师辛苦地做了6年厨师，直到入职这家游戏公司。

而这家游戏公司的老板在LIFE教育创新峰会上做了一次主题演讲，题为"寻找不存在的人"。题目的名字来源于特斯拉公司在网上发布的一份招聘信息——我们在寻找那些从未存在过的人。"他们所说的不存在的人，是一直都存在的人，只是这些人之前从未被命名过，比如在第二次工业革命之前，飞行员是不存在的人；在电脑发明之前，程序员是不存在的。不存在的人一定是具备持续学习能力、保持着无限可能性的终身学习者。他们可以适应无法掌控的未来。"

在一个不确定的时代，真正确定的东西是什么？就是要有自我，要有终身学习的能力。这也是蔡朝阳一直强调的。他说："我们不要再拿过去的那种方式去教我们的孩子了，因为这个时代是一个处于深刻变革的时代。如果我们再用二十世纪七八十年代的那种教育方式和教育观念去教育孩子，那就很容易误入歧途。"

所以，父母要树立崭新的教育观，要做爱学习的父母，要有面向未来的教育视野。

"当初卖掉学区房，没有让孩子读名校，你现在回想起来后悔吗？"最后，我问他。

"当然不后悔，甚至还有点沾沾自喜。"蔡朝阳回答道。

宝贝，这是妈妈自己的人生，我只是顺便带着你

水湄物语

宝贝，你的妈妈，真的比较懒。

上周写亲子旅行，好多人表扬我特别有教育理念，特别会给我家嘟嘟设计教育路线，等等。

其实我并不像大家想的那样厉害。我只是比较偷懒而已。

因为周五、周六都是我带娃，带去儿童乐园，带去上足球课，带去绘本馆看书，其实都得我陪，那还不如出门去旅行，反正也是陪他，而且能让自己也出门散散心。

结交朋友这个事儿，也是因为懒。

妈妈们都懂的，两个妈妈带两个娃，要比一个妈妈带一个娃轻松很多很多。两个娃互相之间吵架、和好就可以弄出很多花样。轻松啊！

在这里先不探讨偷懒如何改变人生轨迹（话说我一直想写一篇《因为我比较懒，所以我过得比较好》的文章，来讲述偷懒是如何变成第一生产力的）。

我想说的都是，妈妈们，先要照顾好你们自己的人生，才是正经事。

"宝贝，我可以牺牲一下，最多半年好吗？"

第一次听到泰国陪读妈妈的故事，简直让我震惊。

记得是嘟嘟的足球课，我在旁边刷八卦，刷刷刷，突然听到旁边两个妈妈聊八卦，我的八卦小耳朵立刻竖了起来。

泰国那边的国际学校蛮便宜的，大概四五千一个月吧，有些妈妈初中就出去陪读了，到孩子上大学才解放。

哇，初中，陪到高中毕业上大学，那不就是整整六年的牢狱生涯吗？！

一位妈妈，为了孩子，放弃国内的工作，放弃国内的朋友，放弃跟先生的团聚，来到一个人生地不熟的地方，仅仅是因为要以比较低的价格让孩子上国际学校，然后去英国、美国读大学。

真是有点难以想象呢？其实我能接受这种方式，但逻辑不应该是：泰国那边天气暖和，物价低。我给自己放个两年的假，写个小说，学个画画，正好，那边国际学校也不贵，让孩子过去读个两年书,把英语学好,接触下不同国家的朋友,了解不同的文化,说不定还可以学个潜水、帆船啥的兴趣爱好。

你看,其实结果并无太大差别。

差别是你自己更重要,还是孩子更重要。

对了,我跟朋友探讨过,我能牺牲的最长期限,大约是三个月,最多半年。

也就是,在我的利益明显不如孩子的利益大的时候,我可以勉强地牺牲自己——最多半年!

直到遇见小熊之后,我才了解到:在恋爱中,最重要的人,不是"亲爱的你",而是"我自己"。

在那之前,我曾经为了爱情,变得妥协、犹豫、自卑,变得完全不像我自己。直到遇见小熊之后,我才明白:最好的爱情应该是,我们都会变成更好的那个自己。而不是为了我们假想中的"为了你好",不断消耗自己的生命。

嘟嘟出生之后,我了解到:最好的亲情也是如此!

一位母亲,能为孩子做的最好的事,就是"变成更好的自己"。

让孩子看到自己在不断学习新的知识,在不断挑战自己的能力,面对困难的勇气和坚持,面对障碍的不放弃,面对生活的乐观，等等。

那些所有你要求孩子做到的事，必须自己先做到。（所以我每天晚上也坚持刷牙来着，哭！）

这是我自己的人生，孩子他终究会离我而去，他也会有他的人生。

在我们一起旅行的这段日子，我是他的导游，是他的旅伴，但是，我不会变成他的仆人和奴隶。我会向他演示，如何翻越高山，横渡大海，面对凶兽猛禽毫不畏惧，一路哼着小曲喝着小酒，到达最终的目标。

等他长大了，等他找到了自己想要去的地方，他就会离开我，但是他学会的是，翻越高山和大海的本领，面对凶险的乐观。这样，我们都能到达我们认定的美好未来。

而现在，我要认真过好我自己的人生，宝宝们，只是顺便带着。

孩子，多么希望你有一天能过上普通人的生活

慕容素衣

亲爱的瓜瓜：

在你未出生之前，我嘴里虽然说着，你只要像个普通人一样快快乐乐地成长就好了，其实心里却对你有着很多的期待。从我为你取的名字就看得出来，你大名叫作雨帆，听起来有点像琼瑶小说里的男主角，其实是化用自韦庄词中"春水碧于天，画船听雨眠"的意境。这个诗情画意的名字隐隐显示出，作为一个女文青的我，还是希望你能拥有与众不同的人生。

令人意想不到的是，你天生就与众不同，别的孩子一岁多就会牙牙学语了，可你两岁还不会叫爸爸妈妈；别的孩子哭着喊着要买玩具，可你连玩具店的门都不想进；别的孩子见了小朋友就像见了亲人，可你总是一把推开小朋友们，哪怕是漂亮的小姐姐

也不例外。游乐场里，小朋友们荡秋千、滑滑梯玩得不亦乐乎，只有你一个人固执地坐在一旁揪花；麦当劳里，你的尖叫声响彻了整个店堂。

太多的细节显示，你和别的孩子截然不同。我和你爸爸再也没办法用"贵人语迟""大器晚成"这些鬼话来安慰自己，我们不顾家里人的反对，送你去医院检查。你仿佛嗅到了这里的危险气息，做各项评估的时候你哭闹不休，怎么也哄不好，医生冷冰冰地呵斥你："哭什么哭，这里又不是菜市场！"我愤怒地看向他，就是在那一瞬间明白，这世上完全没有感同身受这回事，并不是每个人都像我们这样觉得你那么可爱。

几乎没费什么周折，你就被诊断为自闭症，虽然前面加了疑似两个字，也足以让我们心碎。后来我才知道，这只是心碎的序幕而已，之后的日子里，做父母的心将被一点点碾成粉末。你才两岁，就戴上了这样一顶帽子，可能一辈子都摘不下来，这意味着，你极有可能无法像正常人那样读书、升学、读大学、找工作、谈恋爱，甚至生活无法自理，一辈子都需要被人照顾。

我们马不停蹄地将你送往了当地的康复机构。一贯在家中散养惯了的你不适应机构的严格管理，总是站在机构的铁门前，边哭边拍门，一哭就是整整两个小时。你一哭，我也跟着流泪，我知道你想回家，可我只能选择让你在机构里训练，因为据说这是唯一有效的干预方式，尽管这种干预在你身上起的作用微乎其微。

你确诊后的一年内，可能是我一生中最灰暗的时刻，那时我还在做记者，每次出去采访时，和采访对象聊着聊着就忽然悲从中来，要努力抑制才能不让眼泪掉下来，有时实在控制不住了就找借口冲进洗手间里大哭一场。那段时间我常想到死，站在楼前会有跳下去的冲动，看到电视里放发生车祸的新闻，第一反应居然是"为什么被撞死的不是我"。

有一天，我木然地站在机构的走廊前等你下课，看见黑板上写着一个个前来做康复训练的小朋友的名字：逸翔、星航、子轩、浩然……这些名字都有着多么美好的寓意啊，就像你的名字一样。他们的父母一定也像我一样，对自己的孩子有着各种美好的期待吧，期盼着孩子能自由飞翔，能像星星般闪耀。可如今，这些期待都随着一纸诊断书落了空。我看着看着，想象着这些同病相怜者的失望，禁不住泪落如雨。

如果一直这样下去，我可能会陷入重度抑郁吧。但我最终并没有死于心碎。这要谢谢你，我的瓜瓜，是你将我从绝望中拯救了出来。尽管你在很多方面都和别的小朋友不一样，但有一点却是一样的——你们都发自内心地爱着父母，爱着这个世界。

你天生就会爱人，一岁半时刚学步还走不太稳，看见我洗了头发走到客厅里，你就会赶紧迈着小短腿去打开抽屉，拿吹风机给我吹头发；你两岁多时，我从山西出差半月回来，你一见我就拉着我去卧室，从床头柜里拿出一样东西递给我，那是我经常戴着的一块玉，出门前忘记戴了，你却一直替我记得牢牢的；有次我坐在床上怔怔落泪，忽然伸过来一只小手，手里还攥着一张纸巾，那是你递给我擦眼泪的……

我亲爱的瓜瓜，你不会说话，不会玩游戏，不会和小朋友玩，连爸爸妈妈也不会叫，却生来就会爱你的爸爸妈妈。你是如此可爱，我没有办法对你弃而不顾，只能鼓足勇气去继续爱你，呵护你。

这些年里，我们坚持走在不抛弃、不放弃的路上，从广东到湖南，又从北京到青岛，听说哪里的机构好，就排除万难带你去做康复。你一点一点地进步着，这个过程在旁人看来太过艰辛，也太过缓慢，只有我们做父母的，才由衷地为你的每一点变化而欣喜。我还记得，你四岁的时候，第一次清楚地叫出了"妈妈"；四岁半时，在海边小食店里吃饭，忽然看着正在榨西瓜汁的机子说"西瓜"，我们惊喜万分，赶紧给你买了一杯西瓜汁。

我当时开心地想，如果有天你能开口说出"月亮"两个字，我一定也会上天入地地为你摘了来。

现在你六岁了，经过多年的干预，你会说简单的字词了，可以辨认十以内的数字，上课的时候也很少哭闹了，但和其他小朋友的差距还是太大太大了。同龄的小朋友已经背着书包上小学了，可你还是只能待在机构里。

如果说我前半生所做的所有努力都是为了让自己与众不同，那么我后半生所做的所有努力都是为了让你尽可能地过上普通人的生活。我多么希望你能像同龄的孩子那样，开开心心去上学，为了升学和补习而烦恼，为了隔壁班的女孩没有看你一眼而伤神，将来长大了，又为了工作和房子奋斗，有时懊恼，有时高兴。我现在才知道，能够拥有这样普通的一生，是一件多么幸运的事情，这世上有那么多心智发育不健全的人，他们很可能付出终生的努力也不足以拥有如此普通的生活。

或许我不应该奢望你和他人一模一样，你生来就是特别的，我只是希望，你的特别不至于影响到你和他人的生活，如果有人注意到你的与众不同，我多么希望他能对你的特别予以宽容。

现在流行批判熊孩子，可我要告诉所有人，我们这些"星儿"（自闭症孩子）并不是故意想当个熊孩子，他们只是有时会控制不住自己的行为。他们坐飞机时偶尔会尖叫，在饭店里有时会忍不住碰碰别人的食物，请不要在没有清楚他们的情况之前就指责他们没有教养。

很多时候，他们不是没有教养，而是能力上做不到。就像老师那天让你分辨形状，你明明很认真在辨认，但还是把长方形认成了正方形。老师还是奖励了你一块饼干，还夸你说"瓜瓜已经很努力了"。

所以瓜瓜，我亲爱的孩子，不管最后的结果怎么样，不管你有没有机会过上普通人的生活，这些都没有关系，我们要记住老师的话，"瓜瓜已经很努力了"。无论如何，努力的人都应该得到尊重。如果长大后有人因为你的特别而不尊重你，一定要记住妈妈的话，那不是你的问题。

知道你的情况后，曾经有人对我说："要是早点儿生就好了，可能就会生一个聪明的孩子。"这个问题我仔细想过了，要是生了另一个聪明的孩子，我这辈子可能轻松得多，但我还是不愿意，因为早点儿生的话，那个孩子就不是你了。你温和、善良、热情、友爱，绝对不会去伤害任何人，对于爸爸妈妈来说，你就是全天下最好的孩子。再聪明伶俐的孩子也取代不了你，我们只想要你尽可能好好的，并不想用你来交换其他孩子。我亲爱的孩子，尽管你是特别的，你来人世一遭，同样会感受到阳光有多热烈、风有多温柔、天有多蓝、草有多青，以及爸爸妈妈有多爱你。

我的孩子，我多希望能一直陪着你，让你在我的羽翼下无忧无虑地成长，但我知道，总有一天，你需要独自面对这世界的风风雨雨。这是我第一次向外谈论你的自闭症。与其说这封信是写给你的，不如说是写给天下千千万万父母的，如果他们中有一个人能够因为读到这封信，而对你（以及和你一样的孩子）多那么一点点温柔和慈悲，那就不枉我写信时流下的这些泪水了。

愿你健康成长，一生平安顺遂。

愿这世界对你好一点，再好一点。

爱你的妈妈

辑四 走夜路请放声歌唱

给儿子的一封信

王海鸰

亲爱的鸥：

既然写信，就说些不曾跟你说过的话。

十九岁时你恋爱了。虽说之前你没断了同女生交往，但那都不过是少男少女抱团取暖式的感情游戏，这一次你认真了。

恋爱后的你变化很大。突出感受是，开始关心我了：降温了出门要加衣服；今天工作顺利吗？昨天没睡好别干活了休息一天……令我温暖的同时暗暗称奇，爱情的力量果然强大。从前你不懂得关心他人包括我，我为此着急，甚至想过是不是该送你去部队当兵锻炼一下，否则于你于我都是悲剧。当然你的问题根子在我，作为单亲妈妈我太想为我的独子撑起一片天，给他安全感因而顾此失彼了，那个女孩儿唤醒了你作为男人的担当意识。你的爱情给了我始料未及的喜悦。

你的喜悦自然比我多得多，你需要有人分享，很高兴你选择了我：你跟她告白，被拒了；你坚持，成功了。你们有说不完的话。你骑车接她放学送她回家；时值冬日，你买回暖手炉、备好棉坐垫、保温杯里灌上热水……看着你为她进进出出忙忙活活我禁不住哂笑：这人很细腻嘛。从家到她学校再到她家三四十里路，你顶着寒风骑车来回，深夜归来，头上冒着腾腾热气，脸上写着意犹未尽，没有一丝丝疲累。爱情是台超大功率的马达，十九岁的爱情更是，至高无上，奋不顾身，飞蛾扑火。

有次你说："我想结婚，跟她生一个女儿。"都还上着学呢，就想结婚生孩子，谁养活你们，我吗？荒唐！又一次你说："她经济遇到困难了，我想先不上学，打工为她挣学费。"你不上学打工让她上，将来你怎么办想过没有？蠢！好在我只是腹诽，我深知十九岁的你和五十五岁的我即使共处一个屋檐下也是生活在两个世界里，爱情问题上尤其是。我的心得、经验表达稍有不当，在你便成干涉。我不能让你有被干涉的感觉，我尊重你，在你还是婴儿时就把你当作独立于我的个体来看待。记忆中很少强迫你做什么，有些我认为应该做但你有可能不愿做的事，我会想方设法引导、诱导，让你感到不是我的决定而是你的选择，你选择的你才会负责。但随着你年龄渐长能力渐强，这种引导、诱导的难度越来越大，所谓青春期叛逆大约就指这个。孩子叛逆根在家长，在于家长没能跟上孩子的成长。

还记得2008年夏季的那天吗？那天晚饭后你邀我去玉渊潭公园散步，走着，你问："你第一次跟男人做爱多大岁数？"我踌躇着该怎么说才能做到既诚实又不伤及母亲尊严，不想我这边还没想好怎么说你那边又开始说了，望着夜色下的湖水你若有所思地说："我都快二十岁了，还是处男。"这时你们交往半年多了，性的问题顺理成章提上了日程。你说，刚开始是她不想"做"，觉得"做"了就不是处女了会自卑。后来有一次你完全有机会"做"却忍住了"没做"……就这个"做"还是"不做"的话题你说了很久，我心不在焉，为表示在听还跟你开了玩笑："为什么不做呢，你是不会啊还是不行？"你说："我很棒的！"我勉力再问："能做而不做，会不会让女孩子误解她对你的诱惑力不够？"你说："我想保持婚前的纯洁。"停了停方才又说，"我马上要出国留学，她要是处女的话，这四年里她是不是一直等我，我回来就能知道。我希望和她过一辈子的，像钱锺书、杨绛那样……"我抓住这个茬口忙说："是啊是啊，你要出国留学，得抓紧把托福考下来了。"你当即闭嘴。

照说，不管从哪方面说，快二十岁的你肯跟我说这样的隐私，我都应当受宠若惊，更何况我还是个写者，对生命的每一步进程充满了天然好奇。但是那天之后的一段日子，你考托福的事情在我心头压倒了一切。其实你周围的同龄人在读大一，包括你女朋友，你放弃大学专攻托福，已考过两次都不理想；"人生的路虽然很长可最关键的只有几步"；男才女貌，学业事业才是男人的根本；爱情很美好很重要，两情若是久长时必须有所附丽……你想，这种时刻我这种心境，你离开书桌跑到公园里说"做"与"不做"的事，我如何听得下去？相反，你说这些越说得多，我的神经越绷得紧，仅凭理智意志才把顶到嗓子眼里的那些话一次又一次压回去。当然最终没能忍住扫了你的兴，我很抱歉，可是，彼时彼刻我该怎么说才对？

你说你喜欢孩子，说将来你的孩子一定要自己带——在美国读书时你还利用课余时间去小学做义工带小学生——那么，就让我们探讨一下如何做家长这个命题？做家长是一门学问。一直以来，我这个家长面临的最大困惑就是，怎么才能避免把道理讲成正确的废话。

你于2009年1月8日赴美国SYRACUSE大学读心理学，走前你跟我说，争取三年毕业，把考托福耽误的时间抢回来（美国大学修够学分即可毕业）。我说那时间也不能算是耽误了，你成功地谈了恋爱找到了想共度一生的女孩儿。你一笑说："你不必安慰我。"

我记住了你要三年毕业的话，于2011年年初就开始做赴美准备。当时我还是现役军人，因私赴美难度很大，为确保成功我递交了提前退休报告。十六岁入伍，几十年了，交报告那一刻颇为不舍，领导和同事也劝我等等，说部队马上要涨工资。但我等不了了，你若年底毕业我就得在这之前赶到，我想去你生活学习的地方亲眼看一看，不想错过你成长中这重要的一步。2011年11月24日纽约时间下午五点多我抵达美国纽约州纽瓦克机场，出海关时天色已黑，我在机场外等你，身边过往的全是异邦人说的全是我听不懂的话，我心情笃定地等。飞机一落地就跟你通上话了，你下午三点多就到机场停车场了，只不过忽略了我乘的是商务舱，以为我出关还得有一会儿时间，所以晚了，你叫我别急说你马上到。我一点不急。不远处路灯、车灯下有一位肚子悬在腰带外的白人警察，瞪大眼睛连喊带比画地指挥交通，我饶有兴趣地看他，感觉像看电影，又像是在梦里……你跑到我面前，头发好长时间没剪了，卷得厉害，像个美国小孩儿，我情不自禁踮脚在你脸上亲了一口，你不好意思地抿嘴笑笑将提在手里的一把花塞给我，然后，拉着我的箱子背上我的包带我去停车场。去停车场先要走一段路乘小地铁似的地下摆渡车,从摆渡车下来还得走路七绕八绕。我亦步亦趋地跟你走,如同你小时候亦步亦趋地跟着我。我爬上了那辆你向我形容过多次的八千美金买下的二手大雪佛兰,你坐驾驶座上,系安全带、挂挡、打灯、踩油门……一系列动作熟练流畅,那是我生平第一次坐你的车。从机场到你们学校四个多小时,你带我行驶在深夜的陌生国度,我不焦虑不担忧不害怕。相反,心里出奇地宁静踏实。

去时正是你毕业前的期末,上课、复习考试、联系托运、卖车租车、退房、办理银行业务、定旅行日程(我们商定你考试完后自驾环美)……你事情多得一塌糊涂。我不懂英文帮不上忙,只能要求自己尽可能少帮倒忙,比如绝口不问你的学习。考试如不理想学分不够你将无法毕业,东西都托运回国了,万一毕不了业怎么办呢?12月16日你最后一门考试结束,我们于次日开始了为期一个半月的自驾旅行,一个半月里我把担心藏在心底,并小心避开与之有关的一切话题。

2012年1月25日我们到达纽约,纽约是这一行最后一站,也是停留时间最长的一站,六天。为方便出游你安排住在曼哈顿中心帝国大厦旁边一家日本人开的四星酒店,六天里天天带我游纽约,逛图书馆、时代广场、唐人街、"9·11"现场、中心公园、自由女神像……随着回国时间一天天迫近，我心情越来越紧张，但你不说，我不问。

1月31日是我们在美国的最后一天。起床后去时代广场吃罢早餐直接去了布鲁克林，从布鲁克林回到酒店中午一点多，你进屋就打开电脑上网，我坐沙发上贴各种票据。我把这一行所有票据都按日子贴好并做了标注，预备将来写书时用。正贴着，你来到我面前，说："娘，谈点正事？……你知不知道这段时间我为什么有时会无缘无故发火焦虑？"我当然知道，我不说，我装傻："事太多？要安排路线，酒店，担心能不能落实，我满不满意……"你打断我："都不是。是为毕业的事。离开得克萨斯那天我查到了成绩，考得不错，当时心里轻松了一下，但仍不放心，怕出意外，比如课选得不对导致学分不够——刚才看学校邮件说近期就往家里寄毕业证书。"我的心一下子轻松，轻如羽毛飘啊飘。晕晕乎乎中听你又说："我承受力强吧？大事都不跟你说。你不知道我当时（期末）压力多大，真是拼了！"

谢谢你小儿子，谢谢你扛着偌大压力用心安排的这次旅行，一路上给我当司机、当导游、当翻译，不厌其烦。以至到今天我耳边还会不时响起在美国时你的声声呼唤："娘，你快看！娘，你喜不喜欢？娘，好不好看？"记得我们在亚利桑那州大峡谷国家公园等日落，你为让我舒适地等，专门跑去车上拿来了帆布座椅。你小时我常带你去科技馆、少年宫、动物园……去外地甚至去国外，一心想让你见识多一点再多一点，而今角色转换。但有本质差异：你需要多见识，因为你有未来，我却没了。在大峡谷时我拿这话问你，问你图什么，你说："图个让你高兴。"

在美国的最后那天你总结说："我这辈子有三件遗憾的事，初中没有交到好朋友，高中没有谈一场好的恋爱，大学没有好好学习——"我反驳："你好好学习了！三年学完了四年的课！人家说美国大学宽进严出，四年毕业率才百分之四十，你三年就毕业，怎么能说没好好学习？"你说："我的计划是两年半主修两个学位，心理学和人类学，辅修社会学，因为课没选好，只得了一个心理学学位。不过无所谓了，都是面子上的事，课都上了知识都学到了。"回国后你去了搜狐网站的电视媒体事业部工作，跌跌撞撞磕磕绊绊诸多不顺不快，半年后退职跟我学习剧本创作。退职后你不断对那半年的职场生活进行反思，最终总结，你犯了职场新人常犯的错误——无知无畏，对那位你曾与之势不两立的年轻主管甚至生出了感激。你的善于自省让我喜欢至极。

2013年12月19日是你二十五岁生日，下午两点五十八分我把提前写好的短信发给了你，信中我说："这是你二十五年前面世的时刻,见到你的第一眼我就确定,你是我想要的那个孩子。时至今日,在电视剧《梦》和电影《日记》的剧本写作中,你向我证明了我的直觉有多准确。谢谢你给我的所有快乐。祝你一生快乐。"

最后再对你多说一句:"早睡早起,坚持游泳,少在外面吃饭。别嫌我废话,你已经大了,已过了把道理当废话的年龄。而我呢,老了,已没了继续给你当家长的能力,所以以后我对你将有话直说,有一说一。"

妈妈

2014年4月3日于北京海淀万柳

兴趣与志趣

钱文忠

多多：

今天一早，八时半未到，爸爸就赶到武宁路邮局，拿到了第一号号牌。缴完税，办好手续，领取了你从日本订购的铠甲。想到你一放学就可以看到，我们父子俩可以一起将铠甲装挂起来，共同欣赏，爸爸就非常高兴。昨夜，爸爸工作到很晚，而且连续几天都是如此。本来感觉极其疲劳，而此刻却顿觉轻松。做父母的，尤其是今天的中国父母，喜怒哀乐大概主要都是跟着自己的孩子走的。只要孩子开心，父母就开心，而且会加倍地开心。爸爸又怎能例外呢？

多多，十七年来，你带给爸爸的快乐实在太多了。都说，有了孩子，生命才完整丰满。你为爸爸证明了这一点。

然而，今天的这场快乐格外不同。因为，这次你买下的绝不仅仅是一副名贵的铠甲。从你和爸爸的交谈中，爸爸清楚地感受到，你对与这套铠甲密切相关的日本古代史、战争史、工艺史、大名制度，都积累起了相当可观的知识，在很多方面，远远超过了身为大学历史系老师的爸爸。哪个父亲会不为此欣喜呢？

多多，你可知道这意味着什么吗？爸爸为什么说今天的快乐"格外不同"吗？因为，这次你订购铠甲，说明你在没有直接指导的情况下，通过独立的摸索，特别是大量的课外阅读，与网上同好的互动交流，逐渐积聚起可观的专门甚或堪称冷僻的知识，初步勾勒出了与众不同的个人兴趣。并且，通过你独自决定的订购，勇于将知识付诸实际的考验，跨出了由兴趣到志趣的极其重要的一步。这是真正的成长，当然是爸爸期待的。

再也没有什么能比拥有自己的兴趣，形成自己的志趣更重要的了。

从你小的时候开始，爸爸就只关注你的行为举止、人格养成、性格成形。对普通意义上的"学习"，则给你最大的自由。你和同学们相比，很特别的一点是，从未上过任何补习班、提高班、特色班之类的课外班；爸爸从来不看重，甚至不过问你的考试分数；回想起来，更从未强迫你去学习什么。

但是，这绝不是漠不关心。父母怎么会不关心自己的孩子呢？爸爸一直在关注着你，了解、琢磨、判断你的兴趣所在。这也就是爸爸给你买的书那么多、那么杂的原因。兴趣之门不打开，再强、再多的知识也只能望洋兴叹。所以，在爸爸看来，所谓"成绩"大可不必着急。让你在自由中培植兴趣的苗圃，越繁盛越好，越葱郁越好。也许有段时间，甚至是很长时间，你的兴趣苗圃会杂草丛生，你也因此环顾迷乱，游移不定，不知所措。可是，又有什么要紧呢？终有一天，苗圃的某个地方，可能是个最不起眼的角落，会生出一朵花、一丛草、一茎竹来，它的姿态、色彩、气息，契合了你天性中的某一点，让你的心猛地悸动。你就会迎向它，心无旁骛地浇灌它、养护它、培育它，无怨无悔地与它相伴，度过每一轮春夏秋冬。你的生命就注定不会是一汪死水，而会流转不息，倒映出每一年、每一季的云起云落、花开花谢，从而绚丽斑斓，灵动自然。

这就行了，这就成了。

所以，一时的成绩分数的好坏，不仅爸爸毫不在意，也希望你不要纠结于此。重要的是找到并明确自己的兴趣。

假如说兴趣是萌芽，那么就要努力使它茁壮成长，辛勤呵护，才能逐渐发育成坚强的枝干，这根枝干就是志趣。

随兴生趣，由此立志，成才之路，舍此莫由。然而，从兴趣到志趣，恐怕就不能像前面所说的那样自由自在了。

多多，你还记得你小时候，爸爸带你去北大拜见爸爸的恩师季羡林老爷爷吗？老爷爷很喜爱你，把你抱在身上，照了一张相。老爷爷爱猫是出了名的，朗润园十三公寓家里养了三只，满地跑，很热闹。你还不怎么能说话呢，指着猫说："喵呜。"老爷爷没听清楚，愣了一下，说道："噢，猫，喵呜是猫的反切。"此后的好多年，你一直称季老爷爷为"喵呜太爷爷"。好几次，我向你提起这一幕，用意是想引发你对汉语音韵学的兴趣。不过，看来机缘未到。季老爷爷去世已经五年了，如果老人家还在，那是一百零三岁了，见到你长那么大，对古代历史有浓厚兴趣，一定非常高兴。

我在这里想对你说的，是季老爷爷的一句话："成功=天才+勤奋+机遇。"老人家自谦，常说自己有过人的好机遇。其实，季老爷爷对天才和勤奋的关系，真是看得透彻，说得明白易晓。老爷爷说，一个人会对某样东西特别感兴趣，正透露出他在这个方面有天才；既然如此，他起码在这个方面是聪明的。但是，这绝对不足以让他成功，他还必须勤奋。季老爷爷说，最好的情况是聪明的人下笨功夫，一定有大成就；笨人下笨功夫，也能有所成就；等而下之，聪明人下聪明功夫，就谈不上会有什么成就；笨人下聪明功夫，那就几近滑稽了。

好好思考一下季老爷爷这些话，一定会受益终身。

前不久，爸爸陪同赵启正爷爷到格致中学演讲。赵爷爷曾经是国家发言人，你也经常可以从电视上领略赵爷爷"向世界说明中国"的智慧与风采。赵爷爷是物理学世家出身，自己曾经从事过多年的物理学研究。不知道你那天听讲时，是否注意到，赵爷爷用了一个与季老爷爷有所不同的公式，来说明勤奋的重要性："成功=天才×勤奋！"纵然有一百分的天才，如果勤奋是零分，其结果就是零。当然，如果毫无天才，那也不可能成功。赵爷爷的这个公式，意味深远，核心是更强调勤奋的重要性。你也好好咀嚼琢磨下。

多多，也许你会问爸爸："你确定一直希望我勤奋、用功？既然勤奋如此重要，为什么你直到现在，才正式地向我强调呢？"

好问题，爸爸之所以在今天才向你以最郑重的方式强调勤奋，乃是因为太多的人将勤奋简单地理解成、解释成"下苦功夫"。就这一个"苦"字，让多少人望勤奋而却步！爸爸也曾经百思不得其解：勤奋怎么就是苦的呢？爸爸思考的结果是，也许正是在没有找到属于自己的兴趣之前，一味地以强迫的姿态要求勤奋，勤奋才必然是苦的。但是，在找到了自己的兴趣以后，勤奋还是苦的吗？你如此勤奋地钻研铠甲，苦吗？你如此勤奋地阅读在别人眼里枯燥无味、冷僻古怪的古代历史，苦吗？你当然冷暖自知。爸爸猜想，你的乐趣大概还不想为外人道吧！这就是宝贵的自得其乐！

真正的勤奋，或者用时髦的话说"可持续的勤奋"，一定是快乐的。只有乐在其中的人，才能是真正勤奋的，反之亦然。

爸爸无比欣喜地看到，你显露出了、明确了自己的兴趣所在，并且乐意将其发展成志趣。那么，爸爸就以此为机缘，郑重提醒你，郑重建议你，要将无意识的勤奋培养成有意识的习惯或生活方式。

人的一生，拥有自己的兴趣，并且以此立志而成志趣，孜孜以求，乐在其中，怎么会不快乐、不幸福呢？而这，正是爸爸唯一期待于十七岁的你的。

可能你留心到了，爸爸一直没有提及季老爷爷公式里的"机遇"。原因是，机遇者，可遇而不可求也。爸爸悄悄地告诉你，这和天才、勤奋并没有必然的联系，爸爸同样郑重地建议你，不必期盼无法由自己决定的东西。有，欣然；无，坦然。

爸爸的责任之一，也可以说是最重要的责任，正是通过爸爸的努力，为心爱的儿子创造一个条件：尽量减轻不可知的"机遇"对你未来人生的影响。

爸爸非常愿意承担这份责任。在今天，爸爸更是满怀欣喜地乐意承担这份责任。当然，这不容易，爸爸还需要在各方面更加努力。等到你也做了父亲，你就会明白这份"不容易"了。

在今天的中国，凭借着自己的天分和勤奋，循着由兴趣到志趣的道路，再加上长辈辛勤努力为你留下的一些基础条件，多多，你还是有很大的可能拥有一个圆满的人生的。而这，就意味着快乐、健康、平静。想到这一点，爸爸就很快慰。

从你很小的时候开始，爸爸就一再说：希望你生理健康、心理健康；希望你重文化更重文明，重教育更重教养，重学历更重学力。而这些，爸爸确信，已经不必为你担心了。

谢谢你，多多，正是你给了爸爸这一份信心。其实，这已经足够了。

父亲钱文忠

2014年5月28日于履冰室灯下

爸爸是你童年的守护人

周国平

亲爱的儿子：

我可爱的宝贝，快过年了，爸爸决定给你写一封信。

上个月你刚过了十二岁生日，这意味着你从童年进入了少年。现在给你写"爸爸给儿子的第一封信"，我觉得正是时候。

日子过得真快，十二年前，一个健康漂亮的小男孩来到世上，把我认作父亲。年过六十之后，我忽然儿女成双，当时的喜悦心情，依然在我心中回荡。

十二年来，我们父子俩共度了许多快乐的时光。

一岁的时候，你已经会走路了，可是仍然喜欢在地上爬。你的爬行是一绝，两手交替伸出，有力地拍打地板，小屁股撅起，有节奏地左右扭动，灵活至极。

我不由自主地学你的样子，也在地上爬，当然爬得十分笨拙。我们俩一边爬一边互相喊叫，我喊你"小狗狗"，你喊我"大狗狗"，喊声此起彼伏，屋子里一片欢腾，那个场景仿佛还在眼前。

不知不觉，大狗狗和小狗狗，忽然可以像两个男人那样，进行有内容的谈话了。

你现在上小学六年级，再过半年就要上初中了，你和我都知道，你这个小学阶段过得相当艰难。

你本来是一个很阳光的孩子，活泼开朗、待人友善，日常说话也透着笑声。可是自从上小学后情况发生了变化，你阳光的性格蒙上了越来越浓重的阴影。

每天上学你几乎都是流着眼泪去的。你经常发出责问："世界上为什么要有学校？你们大人为什么可以不上学？"

你甚至怨怪我们，为什么要把你生出来，让你受上学的苦。

这个情况使我很惊讶。因为当年，姐姐上的是同一所学校，她上得很愉快，学习成绩在年级始终名列前茅。

我了解到，你恐惧上学，主要原因是害怕语文课和英语课。你这两门课的成绩在班上是倒数几名，因此成了一个所谓的"差生"，经常被老师留下来训话。

我和你妈妈试图在家里给你补这两门课，发现你仍然是抗拒、不耐烦地死记硬背那些生词和课文，所以只好作罢。

说实话，我丝毫不认为，小学阶段的学习成绩有多重要，因为我知道一个人未来的成就，与小学成绩毫无关联。而且我对现行的应试教育，有自己清醒的认识。

我面临的难题，是怎样保护你的身心健康，让你不受挫折的伤害。

我的责任是做你童年的守护人。

你一定记得爸爸从来没有为成绩差责备过你，而总是鼓励你，夸奖你聪明，让你不要在乎分数。

事实上你的确聪明。你喜欢画画，你画得非常好。我有许多画家朋友，他们看了都说不可思议。

你的数学能力非同一般。我们父子俩，常在一起玩数学游戏，解数学趣味题。你往往比我棒！这并不简单，我读中学的时候也是数学尖子！

当然还有体育。你爱上了定向越野运动。这个运动，需要体力、灵巧还有头脑的清晰，你很快成了全校的最佳选手，在全市比赛中为学校拿了冠军！

在我眼里，你的这些本领精彩无比！

姐姐是全优生，我不会因此要求你也成为全优生，我才没这么愚蠢。我发现即使同父同母所生,孩子也会有很不同的个性,绝不可以用同一把尺子去要求和衡量。

孩子不一样,生命真奇妙,我对此感到的是惊喜。

很多时候教育被一刀切,从小学开始,人的价值就被"分数"固定,这是一种愚昧。正确的做法,是让每个孩子都因为自己的优点而获得荣誉、快乐和自信!

爸爸管不了学校里的事儿。但至少,在家里要这样做,尽最大的努力来消除学校评价体系给你造成的阴影。

至于语文成绩差,我认为,这并不说明你"语文水平低"。我曾经问你:"爸爸的语文水平怎么样?"你回答说:"爸爸是作家,语文水平当然高。"

我告诉你,爸爸上小学的时候语文成绩也不好。我说的是事实。

在我看来,语文水平就是表达能力。而你的口头表达非常生动,叙事很有条理。这样的例子不胜枚举。

小学低年级的时候,有一回你要教我魔法,我问你要付多少学费,你说:"一分钱!"我惊叹:"这么便宜?!"

你说:"对于我们神来说,魔法太简单了,付一分钱就够了。"

你看你多幽默!

还有一回天气特别冷,我想去公园散步。你阻止我说:"如果爸爸你去,一会儿我要去公园只能找到一块人形的、戴眼镜的冰了!"

我心中赞叹,这真是一篇童话。

上次,听大家夸奖你画的画,你说了一长串话,我都记录了下来。你是这样说的:

"以后我的画放在博物馆里,我会有很多粉丝。等我老死后,我还活在我的画里!人死后,就活在他创造的东西里。"

多么精辟的人生哲理!

所以你只是有些字不会写,以后迟早会写。那时候一定能够写出好文章!我对此深信不疑。

事实上,自从爱上阅读,你的词汇量大增,写作水平有了很大的提高。

宝贝,爸爸立志,做你"童年的守护人",你觉得爸爸的使命执行得怎么样?

你还满意吗?

现在你从童年进入了少年,我想给你提两点希望:

第一,我希望你保有一颗童心,依然纯真可爱、健康快乐,把童年的宝藏带入少年。

第二，作为少年，自我支配的能力变得重要了，你要明白，即使做自己感兴趣的事，要做出成绩，也必须有毅力，贵在坚持。

何况人活在世上，常常还要做"并无兴趣，但必须做的事"。比如进入中学后，有的课程你未必喜欢，但作为基础教育，你必须坚持学下来。那时候就更要靠毅力了！

你要有一个决心，就是"做自己学习的主人"，今天做自己学习的主人，明天你才能成为自己人生的主人。

希望你记住爸爸的嘱咐。在今后的学习和生活中，你会慢慢懂它的意义。

亲爱的宝贝，爸爸爱你！永远为你祝福。

寄生

蒋曼

朋友阿袁因女儿又一次为某女团寄出礼物而十分愤怒。那是一件非常漂亮的演出服，价值不菲，女儿自己都舍不得穿。争吵不可避免，结果依然是各自委屈。

追星，阿袁能理解。她年轻时，也买过明星的海报、磁带、碟片，但她还是无法理解女儿的疯狂：一个不出名的女团，偶尔上一次综艺节目，演唱会门票一张一千多元，这就算了，后援粉丝会时时打"鸡血"，一会儿接机，一会儿拉票，一会儿应援，一会儿众筹。众人拾柴火焰高，粉丝们幻想着把自己的偶像打造成巨星，群策群力，一点儿也不懈怠。

阿袁女儿说："这是我攒的钱，用在我喜欢的事情上，没啥不对。我就喜欢她们穿上我送的衣服，登上舞台。我这辈子都没法过那种闪闪发光的生活，所以就让她们代替我成功。这是现实中我没法实现的梦想,是另一种生活的体验,你们不懂。"

"寄生"不再是一种生物圈的互利互惠,也不仅仅是不劳而获。今天的年轻人尝试把自己的人生理想、感情、体验寄托于某位明星身上。如果没有,他们就创造一位。

歌迷不再是歌迷,"饭圈"是追星文化的大势所趋。越来越多的粉丝组成俱乐部,参与偶像的包装和宣传。为偶像拉票,帮偶像维权,替偶像喊冤叫屈,与经纪公司谈判。在不遗余力地为偶像造势的过程中,每一个平凡的参与者都迸发出排山倒海的力量。

"知乎"上有人问:"得了抑郁症,感觉生无可恋,怎么办?"热门回复是:"去追星吧。"你可以把自己的生活体验寄托在另外一个鲜亮的身体上,来扫除自己的阴霾。

其实,除了通过追星获得某种满足,各种类型的综艺节目也让人欲罢不能。在节目里养育孩子、相亲恋爱、结婚旅行、职场打拼,生活中的所有环境皆可模拟。职场观察类节目寄托普通人对职场的想象和野心,恋爱、结婚类真人秀寄托爱情梦。

明明是自己从未经历的事,却能够看到别人做时的情景,听到他们的声音,通过自己的想象模拟感受,还会在脑中对这些信息进行加工,浮想联翩。一个人,即使在自己的人生中无所事事，也能获得足够丰富的人生体验。我成功与否无所谓，只要你能登顶，我的快乐便和你的一样，对你的一切，我感同身受，如同你身体的一部分。

越来越逼真的代入感，就像饮料替代了白开水。不必担心自己的人生乏味，让自己的希望与快乐寄生在别人身上，让别人替我们恋爱，替我们努力，替我们精彩，替我们过跌宕起伏的一生。害怕生活中真实的粗陋，就在他人的外壳中"寄生"，把灵魂和情感附着于某个人。对别人的生活如此用劲，以致荒芜自己的人生也心甘情愿？

给女儿的一封信

吴辉

宝贝，光阴似箭，日月如梭。襁褓中咿呀学语，庭院里蹒跚学步，都早已是很久以前的事了。不知不觉你已长大，转眼你就上大学了。按理说，18岁就是成年人，我本不该有什么担心。只是你自从出生以来，从来没有离开过家，我总担心你在外面照顾不好自己。你说不希望在本地上大学，我理解，也支持。外面海阔天空，你可以任意飞翔。

你很讨厌说教，但在你外出求学之际，我仍要啰唆几句。对你未必有效，对我却是安慰。

关于道德

道德首先是一种实践，善良不能仅存于内心。

做一个有道德的人，这个说法并不新鲜，我主要是想说怎么做的问题。道德首先是一种实践，善良不能仅存于内心。记得有一次坐公交车，我主动给一位老人让座。当时你和君姐都说，没想到我会给人让座。我问你们，老师不就是这样教你们的？你们说是，只是觉得做的时候有点不好意思。我理解年轻人的这种心理，我第一次帮助别人时，也很在乎其他人的眼光。

现在想来，根本不必。一件好事，不存私利，有何担心，怕啥议论？生活中有很多小事，只要信手拈来，就是一种善行。当你可以帮助别人时，不要吝啬。世界将因你的举手之劳变得更加美好。爸爸受过别人的恩惠，我们要懂得反哺社会的道理。

关于专业

挑专业就是挑兴趣，不要用利益标准衡量。

专业的好坏是相对的、辩证的。今天的好专业不等于永远的好专业。不要用利益的标准来衡量专业好坏。挑专业就是挑兴趣，专业再热，学科再强，你不喜欢，就没有意义。

兴趣的标准更稳定，利益的标准不长久。做自己喜欢的事，看自己喜欢的书，是人生一大享受。挑你喜欢的，学你热爱的，工作应有更多快乐，生活会有更高品质。

任何专业，只要学得足够好，不愁得不到别人不曾得到的东西。好比旅行，只要走得足够远，就能看得见别人未曾看见的风景。人类社会不断发展，专业分工更为精细，但专业分工不能分得井水不犯河水。各种专业都是解释世界的方式，广泛涉猎，你会更具智慧。

关于知识

知识使人生拥有更多可能。

"读书无用论"是存在的，没有读书也发横财的人也是有的。但个案不能说明问题，普遍现象才有说服力。稍懂常识的人都知道，即使用金钱衡量，知识作用也不可忽视。不然，著名跨国公司对智力因素的高度重视就无法解释。

只要做一个简单的统计，就会发现知识与收入的正相关关系。读书到底有没有用，关键是如何看待有用，不能只用"金钱"这一个标准。知识使人生拥有更多可能。

知识决定一个人的气质、趣味、眼界、欣赏水平、价值观……这些都是影响生活质量的关键因素。这些都是知识熏陶的结果,而不是金钱交换的产物。如果你大学毕业后,能认识到还有很多更有意义的生活方式,那这个大学就没有白上。

关于阅读

读经典,经典是时间选择的产物。

大学与高中最大的区别是,自由很多,挥霍自由的人也很多。希望你能利用这难得的自由,多读些书。现在很多年轻人不喜欢阅读,他们可以花很多时间逛街、上淘宝、打游戏、网聊……就是不肯花时间安安静静地阅读。

我曾给学生写过一条读书寄语:"趁年轻,认认真真跟好书来一次热恋。"我强调趁年轻,走上社会你就知道,抽出时间来读书是多么不易。

我还强调读好书,有些书确实害人,思想贫乏,内容平庸。读书像交友,要仔细甄别,非善勿近。

一个简单的方法是读经典,经典是时间选择的产物,读者挑剔的结果。一本书之所以成为经典,肯定有它的道理。只要是经典,只要你想读,都可以去读。

关于竞争

不靠人情关系，就靠本事竞争。

如今这个年代，需用实力说话。规则应该会越来越公平，竞争肯定会越来越残酷。

爸爸是个倔强的人，办事不喜欢求人，也很少求过别人。当初我从小学调到初中，是因为校长觉得我有教初中的水平。后来，县城的学校招聘6名老师，我考了第3名，可没有被录取，没有关系，我不求别人。第二年我就考上了研究生，离开了那个地方。

不靠人情关系，就靠本事竞争。虽然这样比较辛苦，但于外能赢得别人尊重，于内能得到心理安稳，多好！你要知道，一个人如果不想过低三下四的生活，就必须有能让自己抬头挺胸的资本。你要抓住机会，提高自己。直面风雨人生，迎接时代挑战。

关于漂亮

内外兼修很重要，不要追求花瓶式的漂亮。

爱美之心，人皆有之，女孩子就更是如此吧。人要懂得修饰自己。遗憾的是，这方面我没有什么经验可以传授给你。适当买些新衣服，戴首饰点缀，用化妆增色，都是可以的。当然，漂亮、有魅力不仅仅是指外表。言谈举止，会传递一个人的风度；待人接物，可泄露一个人的修养。

内外兼修很重要，我可不希望你追求花瓶式的漂亮。再说，我们家里还没有一个人有当花瓶的资本。知识是最好的化妆品，良好的素养会让人更有魅力，这是一种岁月都无法剥夺的吸引力。

关于恋爱

真爱深沉而非浅薄，真心无私而不贪婪。

爱情很美好，爸爸希望你能找到意中人。孩子，只要你幸福，我的一生就圆满了。恋爱很严肃，对待须认真。感情不是拿来玩的，恩爱不是用来秀的。真爱深沉而非浅薄，真心无私而不贪婪。

你的爱人不是你的私有物品。你可以想他，但不要轻易打扰他；你可以爱他，但不要牢牢限制他。恋爱会让人做出各种傻事而不自知，你是女孩子，要懂得洁身自好，什么事可以做，什么事不可以做，在去约会的路上就要想清楚。

爱的决定应该基于平时细致的考察，而不是一时的冲动。希望你将来的男朋友正直、有涵养。如果你们是认真的，我会祝福你们。

关于交友

遇事能让则让，有难可帮就帮。

大学是读书之所，也是交友之地。人的一生一定要有几个交情过硬的朋友。幸福人生不是取决于金钱财富，而是取决于社会关系。朋友是广泛的社会关系中的一种。

快乐有人分享，你会更快乐；悲伤有人分担，你不会太悲伤。各地都有人值得你牵挂，到处都有牵挂你的人，你会觉得世界充满阳光，心里如沐春风。

世界上没有无缘无故的爱，也没有无缘无故的恨。希望别人对自己好一点，自己首先就要对别人好一点。大学宿舍，四人一寝，大家远道而来，是前世定下的相遇。遇事能让则让，有难可帮就帮。予人玫瑰，手有余香。

关于时间

不要总觉得年轻，干什么事都还早。

时间最公平，每个人的一天都是24小时。时光最易得，但也最不为人所珍惜。生活中常常听人说，要把时间补回来。时间是补不回来的，浪费了就是浪费了。

不要总觉得自己还年轻，干什么事都觉得还早。有道是"记得少年骑木马，转眼已是白头人"。大学生的时间往往会无谓地消耗在两个方面，一是社团活动，二是上网。适当参加社团活动，广交朋友，增长见识，确是好事。但太多的课外活动，会使时间以各种光明正大的名义被浪费。

网络很便利，网络也很误事。电脑、手机让你时刻与外界保持联系，也让你时刻受到外界干扰。不妨在适当的时候，把网络关闭，让时间花在更有意义的事情上。

宝贝，说一千道一万，都不如你亲自去实践。爸爸不能教会你所有，也不能陪伴你一生。时光流逝，生命不会常在；总有一天，别离会成永远。希望这些建议能有益于你。无论何时何地，都要快乐幸福。你若安好，我便幸福。

生活不在别处，快乐不在那些未来

艾明雅

亲爱的阿拉蕾：

现在是下午两点，妈妈坐在咖啡馆里给你写下这封信。五点我们就要见面了，从幼儿园接到你，我们就要去上画画课（妈妈可以逛个街）。这是自从我和你爸爸分开后，我们每周一个约定的小时光，对妈妈而言，它有很重要的意义。

这封信拖了很久，因为妈妈似乎每天都有忙不完的事情，可是回头想想，在忙些什么呢？又说不出来。作为一个作家，妈妈已经很幸运了，至少时间自由，我可以随时支配自己的生活。

可是，我们要如何支配自己全部的生活，以及这整个的生命呢？

给孩子写信，仿佛就是在给一种纯粹的生命写信，在给那些还有无限可能的未来写信。我想，没有一个人有资格教你怎么去过完这一生，因为我们要面对的最大的不变就是变化——

在妈妈小的时候，公务员是最好的工作，可是现在，未必。

那时候，我们用现金购物，可是现在不是。

那个时候一个女孩子留短发，是不漂亮的，可是现在不是。

也就意味着，哪怕此刻我教给你一些什么，它极有可能在未来的变化中，变成泡沫，变得无意义。所以孩子，我连自己都不知道要如何才算是过好这一生，就更加无法指点你要如何去过好这一生。

只是今天早上，我写下这一段话：

在2018年的冬天，我放弃了给自己列list（待完成事项清单）的习惯。因为越来越发现，对我而言如今最重要的事情只有五件：看天、修心、写作顺便赚点儿钱、锻炼、陪家人。

此年，这些事情超越了那些无意义的觥筹交错，替代了那些商场里琳琅满目的天价商品，成为我心中认为的，唯一会在人生中留下积累的事情。于是，这五件事像五根蜡烛，令我在这个冬天，不彷徨、不寂寞、不浮躁。而我是如何找到这些事情的？恰恰是去尝试过，去经历过彷徨、寂寞、浮躁，才终于劫后余生，回到一种平和而愉悦的境地。

孩子，如果非说，我要对你有什么期盼，无非也就是希望未来的某一天,你经历迷惘、彷徨之后,也能找到那么几件事,足以成为你一生的依仗,它令你自立,令你自爱,带给你愉悦,让你笃定。

人这一生,看起来能够遇到的人有很多,能够做到的事情有很多,值得追求的更多,但是到了后面你会慢慢发现,我们每个人,因为时间、精力、际遇有限,最终兜兜转转也只能遇到那么几个人,只能做完那么几件事,甚至连那么几件事都做不完。

而我如今常常觉得:今天做不完的事情,那就明天做;明天做不完的事情,那就明年做;明年做不完的事,来生做。

至于来生,你还会做我的孩子吗?父母子女,也是一期一会,但是今生有你,妈妈很感恩。

我有时候也无法想象,等二十年过后,你们会经历一个怎样的世界,那个时候,妈妈这样的老古董是否还会在你心中有些许分量,还是已经完全被你们遗忘?但我觉得这并不重要,重要的是,你应当有你的活法。

那个时候,你们还相信爱情和婚姻吗?

那个时候,你们还认可理想和光明吗?

妈妈都不知道。就像妈妈有一个好朋友,你认识的,潇潇姐姐的妈妈,最近很难过,因为潇潇姐姐到了青春期,每天都想很多办法用情绪来折磨自己的妈妈，我有时候也会很害怕，你到了青春期的时候，也会和我这么对着干吧？如果你恰好在经历这个时期，我想对你说，我们生而为人，此生都要经历那么几次孤独感，而青春期，恰好是你关起门来想流泪，想痛哭，想弄明白，想怒吼一些事情的时候。我想对你说，孩子，这是每个人成长路上的浴火场，不要问为什么，就是走过去，经历过去，回头看，你会感谢这样的时光的。

孩子，我相信每个父母给孩子写信的时候，都是慌乱的、迷茫的。这浩瀚的宇宙、这丰富的人生，要如何向你表达我所经历的、我所看见的，或者表达我也难以理解的，有点无从选择。但是我仍想对你说：

生活不在别处，快乐也不在未来。你人生中最好的时光，永远都是你的此刻，你的当下。如果你在学习，那就体验学习；如果你在恋爱，那就享受恋爱；如果你在痛苦，那就默默体会痛苦。因为那都是生活的一部分。绝对的幸福是不存在的，生活每天都是光明与黑暗同在，学会与你的每一刻共处，而不是非要奔赴一个未来的某处，你才会真正知道快乐是什么。

孩子，是的，要快乐。

我将你带来这人世间，希望你体验悲欢离合，但最后，记住快乐。

就像你画的这些画一样,妈妈觉得,你一定会拥有一个灿烂的未来。

妈妈无法永远陪伴你,但是,妈妈爱你。无论你贫穷富贵,漂亮与否,是否成为俗世中的成功人士,直到你白发苍苍,你都是我的孩子。

爱你。

辑五 不要等别人来安排你的人生

孩子，哲学究竟有什么用

陈嘉映

"哲学"这个概念不可能有一个放在什么场合都合适的定义，就像"宗教""文化""品德"这些概念一样。这并不表明大家不懂这些概念，或理解得不清楚。"跳"这个字出现在任何场合我都明白它的意思，但我无法给"跳"下个定义。

所以，历史上对哲学有各种各样的定义并不是很奇怪的事儿。而且，这些定义虽不相同，却也不像有些人设想的那样五花八门，它们多半都互相联系着，有点像同一个迷宫的不同入口。的确，对哲学这样的概念下定义，主要的用处是提供一个入口，让人可以踏进一座迷宫。

若问我哲学是什么？我会回答，哲学是讲道理的科学，讲道理学。这可以看作了解哲学的一个出发点，本文分别讲讲"讲道理"和"科学"这两个概念。

人在各种各样的场合由于各种各样的诱因说话，命令、请求、感叹、讲故事、开玩笑，其中一项是讲道理。"不许出去"，这是下命令，"别出去，外面冷得很"，这是讲道理。讲道理一般回答"为什么"的问题——因为外面冷，所以别出门。

人是一种讲道理的动物，只有超级专制的父母才会只命令孩子这样做那样做而从不说明理由，只有把人民当作奴隶的政府才会只下命令不讲道理。然而，即使我们每次问为什么都徒然遭到一通训斥，我们依然会忍不住问为什么。为什么给他的多给我的少？为什么今天让我向东明天让我向西？为什么太阳老是圆的而月亮有圆有缺？问为什么，是人的本性，回答为什么、讲道理，也就成了生活中一件通常而又重要的事情。父母哪怕瞎编，也得编个道理出来：不能撒谎，撒了谎鼻子会长疮。同理，很专制的政府也需要一套意识形态，好像它滥捕滥杀还挺有道理，实际上，由于专制政府的许多做法很不自然，所以它需要专门豢养一整批意识形态专家来为自己辩护。

有很多种讲道理的方式。一类是为命令和行为提供理由："别出去""为什么""外面冷得很"——因为冷得很，所以不要出门。我们似乎还可以接着问："天为什么冷""因为起风了吗？""为什么起风"等这样的追问没个头。但这是另外一种追问了，是对自然因果的追问，不再是为命令和行为提供理由，不属于狭义的讲道理。我们也许不追问一个原因的原因，而疑问某一个理由何以成为理由。就是说，不问为什么天冷，而问"为什么天冷就不出门呀？"——"这么冷的天出门会冻掉鼻子"，这不是向外追溯因果，而是把原来提供的理由（天冷）分解为一个因果（天冷会冻掉鼻子）和一个理由（因为会冻掉鼻子所以不要出门）。这种向内的追问通常不过两三个问题我们就无言以对。因果可以无穷追问，理由却很快有到头的时候。

另一类讲道理，是从某件具体的事情引申出一个大道理来，蚯蚓无爪牙之利筋骨之强，却上食埃土下饮黄泉，为什么呢？用心一也。大道理偶一讲之，讲在妙处，可以让人豁然开朗，老讲大道理，必定让人不胜其烦，世界上的事物莫不一分为二，数分成正数和负数、整数和分数，人分成革命的和反革命的，鸡蛋分成蛋白和蛋黄，诸如此类。

哲学是讲道理的科学，科学研究普遍有效的机制，混在一起，哲学就成了普遍有效的道理，成了大道理。结果人们都把哲学当作讲大道理，当成一堆大道理。其实，道理之为道理的普遍机制全然不同于放之四海而皆准的大道理。不仅如此，掌握道理之为道理的机制，恰恰是为了提防某一条有的放矢的道理膨胀成放之四海中任何一海皆无所谓的大道理。我生性怕听大道理，所以才入了哲学这一道，可人家听说我属哲学专业，寒暄未毕就摆出好多大道理来和我论道，我心里常叫苦不迭。不过如前提示，把学哲学当成讲大道理，事出有因，既然投了哲学这一行，这黑锅该背也得背着。

蚯蚓没有爪牙之利，为什么能在土里钻来钻去？"用心一也"是一类回答。另一类回答则完全是另一套，谈的是环肌、纵肌、刚毛，等等。我们可以选些对照词来标识这是两类回答："用心一也"回答为什么（why），"环肌纵肌"回答怎样（how），前者讲的是人生的道理，后者讲的是自然的机制，等等。这样小来小去换些说法固然不无小补，但我们终究要直面 "'为什么'和'怎样'是什么关系？" "自然在哪里结束人生从哪里开始？"这些疑问。研究这些问题属于哲学的本职工作。

还有一类讲道理，不是从具体事例到大道理，而是直接从道理到道理。例如从甲在乙左推出乙在甲右；例如一个人说如果A所以B，今非B所以非A，另一个人可以说他推论错误，这些都是在纯道理层面上讲道理。

讲道理是说话的一种形式，取了讲道理的形式，不一定真有道理，谁说谎谁鼻子长疮，所以不能说谎，这说法取了讲道理的形式，但其中的所谓道理可能根本不成道理。反过来，不取讲道理的形式，绝不意味着讲得不合道理。林妹妹进了荣府，"往东转弯，穿过一个东西的穿堂，向南大厅之后，仪门内大院落，上房五间大正房，两边厢房"云云，那是描述，不是在讲道理，但讲得有条有理。不仅描述等需要合乎道理，甚至不讲道理也得合乎道理地讲，"我是流氓我怕谁"够不讲理的，但这讲法本身合乎道理，要么他怎么不说"我是小学语文老师我怕谁"呢？"道"和"说话"意思差不多，"道理"和"说话之理"差不多，说话要让人听懂，就得在某个层面上讲道理。与此相应，讲道理的科学也就在某个意义上是说话的科学或语言的科学。哲学是广义的逻辑，逻辑或Logik，来自希腊语里的logos、logein，就是"说话"的意思，"道理"的意思。

道理该分成几类，讲道理和合乎道理的关系如何，不讲道理和不是在讲道理的关系如何，所有这些都可以研究一番，都是哲学或讲道理的科学该去研究的内容，这里不多说了。

上面解释了一下"讲道理"，下面再说说"讲道理的科学"

里的"科学"这个概念。不过,"科学"是个极大的概念,这里只浅近谈谈科学和艺术的区别。

"艺术"这个词最朴素的意思差不多等于办法、方法。做一件事情有人上来就胡做,我们说,你这样胡来不行,做事要有个方法。有方式方法,就是有art,有艺术。方法、艺术、性格、道德,所有这些词,既泛指某一领域,又特指这一领域中正面的、优秀的部分。道德研究包括研究不道德的行为,而"有道德"则专指道德优秀。同样,"艺术"既泛指方式方法,又特指优秀的方式方法。我制作一个椅子,不会做,胡做,做出来歪七扭八,又难看又不结实。一个小木匠来做,他有一套做椅子的方法,做成个正正经经的椅子。公输班来做,那就是件艺术品了,得收在博物馆里。当然,公输班做椅子不是想送给博物馆,他就是想做把椅子。从前,艺术不是为博物馆服务的,艺术就是把要做的事情做成,做漂亮。这层意思其实我们现在也不陌生,放马有放马的艺术,烹调有烹调的艺术,有的人字写得真艺术,有的人话说得真艺术。

讲道理也有艺术不艺术之分,有时候讲不好乱讲,有时候正正经经讲出一番道理来,有的人不止于此,他掌握讲道理的艺术,同样的道理让他一讲就讲得那么娓娓动听。

掌握了一门艺术，是广义上的一种"知"。"会编篮子"差不多等于说"知道怎么编篮子"，而且这种知来得尤为真切。不过，这种亲知之外，还有另外一种知识。这两种不同的知识，有时称之为知其然和知其所以然。知其然未必知其所以然。反过来，讲得出做一件事情的道道，不一定就做得好这件事情。据说一个曾培养出游泳世界冠军的教练本人是只旱鸭子。

这两种知识的区别，有时称为感性知识和理性知识，或理性不及的认知和理性认知，或实践知识和理论知识。没有两个固定的词语来标识这种区别，我们这里所说的艺术和科学也算一对。不过须注意，虽然我们倾向于用一对对立词语来表示这种差别，但实际上"知"的形态不是明确地分成了两种，而是形成了一连串的等级和过渡。相对于跳高运动员，跳高教练的知识可说是理论知识，但是在体育运动研究所里工作的研究人员，比跳高教练的知识又要理论多了。可以设想背摔式的设计者是个瘫子，根本跳不起来，他研究人体结构和力学发现了背摔式，后来人们用这种姿势打破了世界纪录。

科学是知其所以然的认识。不过说到"科学"，还有系统化的意思。柏拉图和亚里士多德都用episteme来称谓科学（知识），episteme和后来的scientia，本来也就是"知道""认识"

之类，但后来专指成系统的知识，以与doxa（零星的偶发的见解）相对。合在一起，我们可以把"科学"理解为知其所以然的系统认识。

我们谈了谈"讲道理"，谈了谈"科学"，这时再来看历史上对"哲学"的各种定义，就不难看出它们之间的互相联系。这里放过这个课题，只说说关于中国有没有哲学的争论。

中国有没有哲学？西学东渐以来，就断断续续有这方面的争论。回答首先得看我们把哲学理解为关于宇宙和人生的基本思考抑或理解为讲道理的科学。关于宇宙和人生的基本思考与讲道理的科学是有内在联系的，本文未及讨论，暂时把它们当作两回事来看待。中国人当然一直有对宇宙和人生的思考，但我愿意把这称作思想或思辨。若坚持把这叫作"哲学"，就没什么要争论的，因为所有民族当然都有哲学。如果这里真有个争论点的话，我认为是在争论中国是否发展出了讲道理的科学。

很多人认为中国没有科学。然而，中国人很早就记录了行星位置的变化，很早就对日食月食或无数其他现象提出了"科学的解释"。那么，怎能说中国没有科学呢？说中国没有科学，显然是说没有发展出牛顿、伽利略那样的近代科学家，而不是说中国人从来只有迷信，没有客观可靠的知识。沿着这样的思路来想，我的大致看法是这样的：从孔子以后到魏晋，中国曾有一段哲学的繁荣时期。孔子讲了好多重要而深刻的道理，但我不认为孔子建立了一门讲道理的科学。孔子讲了一套道理，墨子讲了一套道理，都是事关华夏文明何去何从的要紧道理，于是大家来琢磨哪套道理是真道理，怎样就成道理怎样就不成道理。在这种环境里发展出了哲学，典型的像庄子、老子、孟子，后期墨子、荀子，一直到魏晋玄学的辩名析理。魏晋之后，哲学渐渐衰微。后来有道学理学，听起来像是讲道理的科学，实际上不大关心科学。海德格尔多数时候也是这样使用"思想"和"哲学"这两个词的，所以他说希腊思想到柏拉图和亚里士多德手里才成了哲学。只不过他多数时候从消极方面看待这种转变，这一点我不大同意。

我知道中国在魏晋以后没什么哲学这个结论大有商量的余地，但这里不再详述，倒是想提出几点容易引起误解之处。第一点，认识需系统到何种程度才宜称为"科学"，原无先天的标准，对讲道理的艺术进行了一些反省，是不是在进行哲学思考？进行了哲学思考，是不是就有了哲学？心里记着这一类问题有助于避免流入字面之争。第二，说中国没有哲学，不等于说中国人不讲道理，也不意味着中国人讲道理讲得不好，讲得不够艺术。没有哲学，单单是说没有形成讲道理的科学。第三，没有哲学，不见得是个缺陷。最后这一点，我想多说几句。

没有哪个民族没有技术和艺术，但并非每个民族都有科学。人们曾好问中国为什么没发展出近代科学，后来有人指出，问题应当反过来问：西方怎么就发展出了近代科学？之所以换个问法，是想提示，没有科学是常态，没有什么东西命定我们发展出科学来。我们可以没有营养学却吃得挺富营养，而且食物味道极佳，这类话已成老生常谈。科学不是必然要有的，也不是必要的。同理，对于讲道理来说，讲道理的科学并不是必要的。不懂哲学的人可以很会讲道理，反过来哲学家不都是道理讲得最好的，就像游泳教练不一定游泳游得最好。

这就引出一个问题来：哲学有什么用？这有时是个值得讨论的问题，但也应记得，也不是事事都要先看有用没用的。人们现在通常都认为科学很有用，把科学技术叫作第一生产力，其实，西方开始发展近代科学的时候，并不是因为科学有用，也很少用科学有用来为发展科学张本。由科学所支持的技术变成第一生产力是后来的事情。不必需的东西未见得不重要。没有近代科学，人类照样种地盖房吃喝玩乐，但出现了近代科学，它就要反过来剧烈改变种地盖房吃喝玩乐的方式。科学，包括讲道理的科学，改变了西方人的生存面貌，进而改变了人类的生存面貌。至于这种改变是福是祸，笔者则不敢专断。

做了父亲

谢六逸

"抱着小西瓜上下楼梯""小手在打拳了",妻怀孕到第八个月时,我们常常这样说笑。妻以喜悦的心情,每日织着小绒线衣,她对于第一个婴儿的生产,虽不免疑惧,但一想到不久摇篮里将有一个胖而白的乖乖,她的母性的爱是很能克制那疑惧的。有时做活计太久了,她从疲倦里,也曾低微地叹息,朝着我苦笑。除此之外,她不因身体的累赘,而有什么不平。

我是第一次做父亲,对于生产这事,脑里时时涌现出奇异的幻想,交杂着恐怖与怜惜。将来妻临盆时,这小小的家庭,没有一个年老的人足以托靠,母亲远在千里,岳母又不住在一处,我越想越害怕,怕那挣扎与呻吟的声音。

不出两个月,那新鲜的生命,将从小小的土地里迸裂出来,妻将受着有生以来的剧痛,使我暗中流泪。我在妻子的怀孕时期的前半，为了工作的关系，曾离开了家，在旅中唯一的安慰妻的法术，就是像新闻特派员似的写了长篇通信寄回。写信时像写小说一样地描写着，写满了近十页的稿纸，意思是使她接着我的一封信，可以慢慢地看过半天或一天。忖度那信要看完时，接着又写第二封信寄去。

过了两个礼拜，我必借故跑回家来一次。到妻怀孕的第七个月时，我索性硬着头皮辞职回家来了。回来以后，我搜集了不少的关于妊娠知识的外国文书籍，例如《孕妇的知识》《初产的心得》之类。依照书里的指示，对妻唠叨着必须这么那么的。我怕妻不肯相信我这临时医生的话，要说什么时必定先提一句"书里说的……""书里说的……要用一块布来包着肚皮""书里说的……"这样可以使妻不至于提出异议。

后来说多了，我的话还没有出口，妻就抢先说，"又是书里说的吗？"我们常常说笑，并且希望肚里的是一个女孩子，但是我暗中仍是异常的感伤，我的恐怖似乎比妻厉害些。我每天默念着，希望妻能够安产，小孩不管怎样都行。真是"日月如梭"，到了十月二十六日（一九二七年）的上午四时，天还没有亮，我听着妻叫看护妇的声音，我醒了。她对我说，有了生产的征候。我的心跳着，赶快到岳母家里去。

这时街上的空气很清新,女工三三两两地谈笑走着,卖蔬菜的行贩正结队赶路,但我犹如在山中追逐鹿子的猎人,无心瞻望四围的景色。我通知了岳母,又去请以前约定好了的医生。回到家里,阵痛还没有开始。过了一刻,医生来了,据说最快还须等到今天夜里,并吩咐不要性急。下午三时以后,"阵痛"攻击我的妻了,大约是十分钟一次。我跑去打了五次电话,跑得满头是汗。

唉,这是劳康(Lacon)的苦闷的一声了。妻自幼是养育在富裕的家庭里,但自从随着我含辛茹苦之后,一切劳作苦痛都习惯了。她的腹部虽是剧痛,她却撑持着下床步行,不愿呻吟一声。岳母用言语安慰她,我只有坐在房后的浴室流着泪。这一夜医生宿在家里,等候到翌日的下午五时,妻舍弃了无可衡量的血液与精神,为这条小小的生命苦撑着,经历了有生以来的神圣的灾难,于是我们有了一向希望着的女孩子了。

"人生恋爱多忧患,不恋爱亦忧患多",是一点不差的。我们的静寂的家庭,自此以后,增加了新鲜的力量,同时使我们手忙脚乱起来。最苦的是妻,日夜忙着哺乳,一会儿襁褓,一会儿洗浴。又因为素性酷爱清洁,卧在床上也得指点女佣洒扫;又须顾虑着每日的饮食。弥月以后,肌肉脱落了不少,以前的衣服,穿在身上，宽松了许多；脸上泛着的红色，只有在浴后才可以得见。在这时，我最怕看我妻的后影。妻的专长是钢琴（piano）和英语，出了学校，对于自己所学的，没有放弃，现在可不行了。那些《少女的祈祷》《罗汉格林》的调子是没有多弹奏的余裕了。

我本来也想使自己的日常生活近于理想一点，就是起床、运动、思考、读书、著述、散步的生活，但是孩子来了，一切的理想都被打碎了。我们的实际生活，不能不随着改变了。每天非听啼声不可，非忍受着一切麻烦的琐事不可了。

女孩子是有了，可是还没有名字，照着通例，总是叫她做毛头（头发是那么的黑而长），但妻说照这样叫下去不行，必须请祖母给她题一个名字。我赶快写信去禀告在家乡的母亲。过了许久，便接着了母亲亲笔写成的回信，信里附着一张长方形的红纸，用工楷的字体，写着几行字，上面是"祖母年近六旬为孙女题字，乳名宝珠，学名开志"。在旁边注着两行小字，是"吾家字派为二十字：天光开庆典，祖荫永新昭，学士经书裕，名家信义超"。这些尊重家名的传统习俗，我是忘记得干干净净了，可是我还记得这是祖父在日所规定的，足敷二十代人之用。我的父亲是"天"字一辈，我是"光"字，所以母亲替孙女起名，一

175

定要有一个"开"字的。我们接到母亲的信时，十分的欢喜感激。并且这个名字，我们很中意。别人为女孩子起名，多喜欢用"淑""芬""贞""兰"等含有分辨性别的字，"开志"这个名称，看不出有故意区分性别之意，所以我们很欢喜。有了名字，可是我们已经叫惯她做毛毛或是宝宝了，"开志"的名称，不过是偶然一用。

宝宝到了第七个月时，真是可爱，她的面貌轮廓渐渐清晰起来了。细长而弯的眉毛，漆黑的眼珠，修而柔的眼毛，还有鼻子，像她的母亲；嘴的轮廓，肤色，笑窝像父亲。志贺直哉氏在《到网走去》一篇小说里，说孩子能将不同的父母的相貌，融合为一，觉得惊奇，在我也有同感。到了第十三个月，因为奶妈的奶不足，我们便替她离了乳，到了今天，她的年岁是整整的三十七个月了。这期间，她会开口叫妈妈，叫阿爸，她会讲许多话，会唱几首歌，我写这篇短文时，她是在我的身旁聒噪了。宝宝的笑声啼声就是我们的"神"，我们的宗教。她的睡颜，她的唇、颊、头发、小手，使我们感到这是"智慧"的神。她有许多玩具，满满的装在小竹箱里。

我们的家距淞沪火车路线很近，她看惯了火车的奔驰，听惯了火车的笛声，火车变成了她的崇拜物。在我的观察，她以为火车是最神奇的东西，为什么跑得这么快，为什么头上有两只大眼睛，为什么会发怒似的叫号。她崇拜火车，爱慕火车。崇拜爱慕的结果，就是把我的书从书架上搬下来，选出厚而且巨的，如大字典之类做火车头，其他的小型的书当车身，两个苹果权作火车眼睛。在许多玩具之中，她顶喜欢的是"车"的一类，她有了三轮的脚踏车，小汽车，装糖果的小电车，日本人做的人力车的模型，独轮车的模型。

除了玩具，她最喜欢模仿父亲看书或看报。画报是她的爱人，尤其是东京《读卖新闻》副刊的漫画。她一个人睡在藤椅上，成一个"大"字形，两手举起报纸，嘴里叽里咕噜，不知念些什么，看上去她是十分欢喜。在最近，她每天对她母亲唠叨着说："毛毛长长大大（杜杜）了，好去读书了。"她有了幼稚园读本，有了儿童画报，有了不碎石板和石笔，这些东西安放的位置，偶然被女佣移动一下，她就大声地叫喊。宝宝又爱散步，在秋天，总是每天两次，由我牵着小手到公园去，天寒了，午饭后，领着在林木道旁闲蹓着，她的嘴里温着歌，路上散着黄色的落叶，月光从树梢筛在地上，一个大黑影和一个小黑影一高一低地走着，于是我觉得这里也有"人生"。宝宝自己有她的歌，在二十五个月以后，便自作自唱起来。她的歌，我多记在日记里。例如："呜呜呜呜火车，叮当叮当电车。"（在我们的屋后，有火车走过。她与火车最熟。有一天同她母亲到百货店里去了回来，便独语似的念出这两句。）"鸟鸟飞，鸟鸟飞，鸟鸟飞飞。"（到外祖母家去，见小娘舅养着的金丝雀逃走了，回来便这么唱。）"洋囝囝是要困困了，毛毛唱唱侬。"（她母亲唱歌催她睡觉，她照样去催眠洋囝囝）。到了今年（一九三〇年），宝宝的智慧又进一步了。夏天买了叫叫虫来，挂在树枝上，一连几天都没有叫，我们说这叫叫虫不会开叫了。宝宝听了就唱道："叫叫虫，不会叫，买得来，啥用场。"见了木匠来家里修门，唱的是："木匠师傅交关好，是我好朋友；做出物事交关好，是我好朋友。"夜里睡觉时，脱了衣服，口里念着："耶稣慈悲，牧师听我，夜里保护我困觉，亚门！"（这是她母亲教的，但无什么宗教的意味。有时白昼也大声地唱着，自己拍着小手。）宝宝的智慧是一天比一天增进了，这使我们担心着将来的教育问题。在我个人，是怀疑国内的一切学校教育的，宝宝现在是三十七个月了。附近虽有幼稚园，经我们来参观以后，便不放心送她进去。将来长大时，在上海地方，我们也不曾知道哪一所女子中学是优良的。听人说，甚至于有借办女子学校为名，而与政客官僚结纳，替他们介绍一两个女学生，因此募款自肥的。教会办的女子学校更不行，平时拿"耶稣"来骗人，记得几句死板的英语。他们的宗旨不外是想培养"名媛"，预备在"时装展览会"里，穿上所谓"时装"，替富商大贾们做"衣架子"（比以模特为职业的还要无自觉）。继而她们的芳容在上海的乌七八糟的"画报"上登载出来，大概就会有达官贵人、欧美博士之流来跪着求婚的。接着就是举行"文明结婚"仪式，请"局长""要人"们来证婚，来宾有千人之众。汽车，金刚石，锦绣断送了一生。在教会女学毕业出来的人，大多数以这条"出路"为她们的最高的理想。上海的女子教育，我是根本地摈斥的。再说，像我们这一阶级的人，能否供应一个女孩子多念几年书，也没有把握。所以我们对于自己的女孩子的教育计划，是想由我们自己的力量，将她培养成为一个"自由人"，成为一个强健耐劳的女性。我们想就孩子的年龄（四岁到二十五岁），分作五个教育时期。按期把识字、写字（毛笔与钢笔）、儿歌、童话、儿童剧、运动（特别注重）、作文、散文、小说、诗歌、数学、阅报、自然科学与社会科学的常识、历史地理的知识、筋肉劳动（特别注重）、各国革命史、人类劳动史、外国语言文字、专门技能的学习（特别注重，但以筋肉劳动者为限，使她能在农村或工厂生活）等教她。过了二十五年，她可以到社会的旋涡里去冲击了，假使我有一天能够脱离现在的生活,也许我还能做一个打铁的工人。到了那时,我更能将我的手腕磨炼得粗厚些。靠着我的双腕,使我们的宝宝在精神和肉体两方面都健全地养育起来,让她做一个"自由人",做一个"勇者",我们的宝宝呀!

科学的孩子

陶行知

问真、探真两位小宝宝：

你们知道现在是一个科学的世界。科学的世界里应该有一个科学的中国，科学的中国要谁去创造呢？要小孩去创造！等到中国孩子都成了科学的孩子，那时候，我们的中国便自然而然地变为科学的中国了。

我希望你们从今天起，立刻变为科学的孩子。你们或者要问："这科学的孩子是怎样的变法呀？"

你们要攀上科学树去摘几个科学果子，一吃，便会变成两个可爱的科学孩子。我现在送你们两本书，一是小期友书店出版的《儿童生活》，二是儿童书局出版的《儿童科学丛书》。这些书会教你们怎样上科学树，怎样去摘科学果子，怎样变成个科学孩子。

这些书不是给你们看的，乃是引导你们玩科学的把戏，做科学的实验，如果你们藏而不看，看而不做，那就算辜负我的好意了。

现在差不多要到冬天了，你们怕就要戴上手套了吧？科学的孩子的手是一天忙到晚，用不着手套。你们向妈妈禀告说："今年我们都是科学的孩子，不再戴手套了，请你把买头绳的钱给我们买实验的材料吧。"

我寄给你们的东西，请你们放心吃！从前买可可糖送你们，我必先吃一块，看看里面坏了没有。这次送你们的科学果子，我都尝过，请你们放心吃吧！

你们吃了这些果子，我不希望别的报酬，只希望你们每星期写一封信，告诉我玩了几个科学小把戏，做了几个科学小实验。使我知道你们是的确变成了科学孩子，抱着决心去创造一个科学的中国，我就心满意足了。

祝你们努力向科学树上攀，攀得高高的，把那肥大的果子摘下来给全世界的人吃，不要只顾自己吃得一肚饱，忘了树底下的民众。

你们的爸爸也是你们的朋友
1931年10月

孩子的心声

采铜

我应该是当了父亲以后,才学会倾听的。

与孩子的交流是一件难度很高的事,因为孩子心里面的世界与大人的世界是如此的不同。大人之间交流,话说半句,就已经知道了全部的意思,因为彼此的心理可以互相推知。但是对于孩子说的话,大人需要站在孩子的角度,去接近孩子的世界观,才可能理解。

孩子对一切都感到新鲜,所以他们喜欢触摸,见到没见过的东西,就要上去捏一把,用手去认识这个世界。但是大人会觉得这样太脏了,或者会有危险,就老是禁止孩子这样做。孩子理解不了大人的担忧,就像大人理解不了孩子的好奇。

孩子对花草和动物都很感兴趣,尤其是城市里的孩子,由于平时接触得少,所以一走进大自然就很欣喜。孩子总是喜欢问家长,这朵花叫什么名字,那棵树是什么树,家长自己也不知道,幸好现在有诸如"形色识花"这样的程序可以一扫而知,掩饰自己答不上来的尴尬。大人早已习惯了处在人工的环境里,不会感觉任何的不自然,但是孩子能分清楚,什么不是自然。

孩子很珍惜自己拥有的东西。在大人眼里不值一块钱的小玩意儿,对孩子来说都可能是宝贝。如果宝贝被抢走,孩子会不会觉得失去了整个世界?我不知道。但至少可以肯定,孩子对一件东西的珍视程度,跟这件东西的价格基本无关。这也是大人无法理解的,因为在大人看来,两万块钱的包包肯定比两百块钱的包包贵重,毋庸置疑。

孩子不是"屁都不懂",他们有自己的是非观,他们知道诚实是美德,他们知道应该帮助弱者,他们还知道朋友的可贵。孩子知道吸烟有害健康,有些孩子会劝爸爸戒烟,爸爸付之一笑,心想孩子真不懂事。孩子说要保护地球,不会随手乱扔垃圾,而大人总会买很多用不着的东西,每天都在拆快递盒和包装袋。

孩子最懂得谁对自己好,心怀感恩,孩子不会出计谋"搞死"别人,不会阳奉阴违,两面三刀。孩子爱某一个人,就会大声地直接说出来。孩子不开心时也会直接哭出来,不会藏着憋着,但是马上又会破涕为笑,雨过天晴。

孩子对物质没有太多的要求，顶多就是吃些好吃的。对于大人，孩子内心渴望的是更多的陪伴，而不是溺爱。对于学习，孩子本来就有求知的本能，孩子内心里都是上进的，但是他们无法忍受的是，学习变成了一种枯燥的劳役。

孩子都好强，有好胜心，但他们都认同要在公平的规则下竞赛。一起玩的时候作弊是被鄙视的，同时他们不轻易言败，输了还想再来。

荷兰文化史家赫伊津哈写过一本经典著作叫《游戏的人》。他考察了人类历史上形形色色的游戏形式，总结出来，游戏的历史跟人类文明的历史一样古老，许多人类社会的活动都是游戏的衍生。同时，所有的游戏都有一个本质特征，就是"严肃性"。为什么游戏反倒是严肃的呢？因为游戏必须在一个大家都遵守的规则之下才有玩的意义。遵守规则，是一件严肃的事。

于是我们会观察到，孩子恰恰是非常严肃地对待"玩"这件事的。孩子玩起游戏来都很"正经"，一丝不苟的，几近庄重。此为大人所不及。大人觉得，游戏就是游戏罢了，玩个乐子的东西而已。大人经常打断孩子们的游戏，甚至禁止孩子玩各种游戏。大人不知道的是，他们侵入的是孩子眼中一个严肃而庄重的世界。

与游戏一样严肃的东西是动画片。动画片为孩子构筑了一个自由而绚烂的想象世界。在现实世界里，孩子由于自身能力的限制，很多事情他做不了。但是在动画的世界里，孩子可以代入到角色中，上天入地，成为英雄、成为同伴、成为被所有人信任和尊重的人。

动画片这种形式本身就适合呈现一个超现实主义的世界。比如在《猫和老鼠》里面，猫会遭受各种"厄运"，比如会被拍扁，变成一张纸那么薄的"猫片"。这种场景在真人电影里是不会出现的，但是在动画片里却自然而然。孩子看了哈哈大笑。孩子很聪明，他们既知道这种事情不会在现实中出现，同时又觉得这些东西是真实的，这种真实"活"在那个幻想的世界里。

在很多动画片里，猪会说话，熊会说话，马会说话。难道大人应该指责说，猪会说话，是对作为"万物之灵"的人类的侮辱吗？不能，因为动画片是动画片，这是想象的世界，这是孩子所喜爱的世界。

孩子也有他们的鉴赏力。在我儿子一年级的时候，我开始给他看宫崎骏的电影。等到了三年级时，他已经看完了宫崎骏的大部分电影。他会告诉我说，迪士尼的动画片不如宫崎骏的那么有意思。

我应该是当了父亲以后，才学会倾听的。

我不认为我的智慧比孩子更高级，我们只是各不相同。只有少数的天才方可以融通这两个世界。晚年的毕加索说："我用了一生的时间才学会像孩子一样画画。"

我记得我小时候，看过一点点奥特曼。我记得这部片子的情节都很类似，每一集都是奥特曼被怪兽打得奄奄一息了之后突然爆发，把怪兽打败。后来我成了大人，我发现后来的孩子还是那么喜欢奥特曼，也许是奥特曼这样坚韧的保卫人类的意志打动了他们，他们会觉得：当他们做出跟奥特曼一样夸张的手臂动作以后，可以和奥特曼一样勇敢。

这就是孩子的心声。

我觉得大人在做决定的时候，至少应该听一听孩子的心声。

寄小读者（通讯十）

冰心

亲爱的小朋友：

我常喜欢挨坐在母亲的旁边，挽住她的衣袖，央求她述说我幼年的事。

母亲凝想地，含笑地，低低地说：

"不过有三个月罢了，偏已是这般多病。听见端药杯的人的脚步声，已知道惊怕啼哭。许多人围在床前，乞怜的眼光，不望着别人，只向着我，似乎已经从人群里认识了你的母亲！"

这时眼泪已湿了我们两个人的眼角！

"你的弥月到，穿着舅母送的水红绸子的衣服，戴着青缎沿边的大红帽子，抱出到厅堂前。因看你丰满红润的面庞，使我在姊妹妯娌群中，起了骄傲。

"只有七个月，我们都在海舟上，我抱你站在栏杆旁。海波声中，你已会呼唤'妈妈'和'姊姊'。"

对于这件事，父亲和母亲还不时地起争论。父亲说世上没有七个月会说话的孩子。母亲坚执说是的。在我们家庭历史中，这事至今是件疑案。

"浓睡之中猛然听到丐妇求乞的声音，以为母亲已被她们带去了。冷汗被面的惊坐起来，脸和唇都青了，呜咽不能成声。我从后屋连忙进来，珍重地揽住，经过了无数的解释和安慰。自此后，便是睡着，我也不敢轻易地离开你的床前。"

这一节，我仿佛记得，我听时写时都重新起了呜咽！

"有一次你病得重极了。地上铺着席子，我抱着你在上面膝行。正是暑月，你父亲又不在家。你断断续续说的几句话，都不是三岁的孩子所能够说的。因着你奇异的智慧，增加了我无名的恐怖。我打电报给你父亲，说我身体和灵魂上都已不能再支持。忽然一阵大风雨，深忧的我，重病的你，和你疲乏的乳母，都沉沉地睡了一大觉。这一番风雨，把你又从死神的怀抱里，接了过来。"

我不信我智慧，我又信我智慧！母亲以智慧的眼光，看万物都是智慧的，何况她的唯一挚爱的女儿？

"头发又短，又没有一刻肯安静。早晨这左右两个小辫子，总是梳不起来。没有法子,父亲就来帮忙:'站好了,站好了,要照相了!'父亲拿着照相匣子,假作照着。又短又粗的两个小辫子,好容易天天这样将就地编好了。"

我奇怪我竟不懂得向父亲索要我每天照的相片!

"陈妈的女儿宝姐,是你的好朋友。她来了,我就关你们两个人在屋里,我自己睡午觉。等我醒来,一切的玩具,小人小马,都当作船,漂浮在脸盆的水里,地上已是水汪汪的。"

宝姐是我一个神秘的朋友,我自始至终不记得,不认识她。然而从母亲口里,我深深地爱了她。

"已经三岁了,或者快四岁了。父亲带你到他的兵舰上去,大家匆匆地替你换上衣服,你自己不知什么时候,把一只小木鹿,放在小靴子里。到船上只要父亲抱着,自己一步也不肯走。放到地上走时,只有一跛一跛的。大家奇怪了,脱下靴子,发现了小木鹿。父亲和他的许多朋友都笑了。——傻孩子!你怎么不会说?"

母亲笑了,我也伏在她的膝上羞愧的笑了。——回想起来,她的质问,和我的羞愧,都是一点理由没有的。十几年前的事,提起当面前事说,真是无谓。然而那时我们中间弥漫了痴和爱!

"你最怕我凝神,我至今不知是什么缘故。每逢我凝望窗外,或是稍微地呆了一呆,你就过来呼唤我,摇撼我,说:'妈妈,你的眼睛怎么不动了?'我有时喜欢你来抱住我,便故意地凝神不动。"我自己也不知道是什么缘故。也许母亲凝神,多是忧愁的时候,我要搅乱她的思路,也未可知。——无论如何,这是个隐谜!

"然而你自己却也喜凝神。天天吃着饭,呆呆地望着壁上的字画、桌上的钟和花瓶,一碗饭数米粒似的,吃了好几点钟。我急了,便把一切都挪移开。"

这件事我记得,而且很清楚,因为独坐沉思的脾气至今不改。

当她说这些事的时候,我总是脸上堆着笑,眼里满了泪,听完了用她的衣袖来印我的眼角,静静地伏在她的膝上。这时宇宙已经没有了,只母亲和我,最后我也没有了,只有母亲,因为我本是她的一部分!

这是如何可惊喜的事,从母亲口中,逐渐地发现了,完成了我自己!她从最初已知道我,认识我,喜爱我,在我不知道不承认世界上有个我的时候,她已爱了我了。我从三岁上,才慢慢的在宇宙中寻到了自己,爱了自己,认识了自己;然而我所知道的自己,不过是母亲意念中的百分之一,千分之一。

小朋友！当你寻见了世界上有一个人，认识你，知道你，爱你，都千百倍地胜过你自己的时候，你怎能不感激，不流泪，不死心塌地地爱她，而且死心塌地地容她爱你？

有一次，幼小的我，忽然走到母亲面前，仰着脸问说："妈妈，你到底为什么爱我？"母亲放下针线，用她的面颊，抵住我的前额，温柔地，不迟疑地说："不为什么，——只因你是我的女儿！"

小朋友！我不信世界上还有人能说这句话！"不为什么"这四个字，从她口里说出来，何等刚决，何等无回旋！她爱我，不是因为我是"冰心"，或是其他人世间的一切虚伪的称呼和名字！她的爱是不附带任何条件的，唯一的理由，就是我是她的女儿。总之，她的爱，是摒除一切，拂拭一切，层层地挥开我前后左右所笼罩的，使我成为"今我"的元素，而直接地来爱我的自身！

假使我走至幕后，将我二十年的历史和一切都变更了，再走出到她面前，世界上纵没有一个人认识我，只要我仍是她的女儿，她就仍用她坚强无尽的爱来包围我。她爱我的肉体，她爱我的灵魂，她爱我前后左右，过去，将来，现在的一切！

天上的星辰，骤雨般落在大海上，哧哧繁响。海波如山一般汹涌,一切楼屋都在地上旋转,天如同一张蓝纸卷了起来。树叶子满空飞舞,鸟儿归巢,走兽躲到它的洞穴。万象纷乱中,只要我能寻到她,投到她的怀里……天地一切都信她!她对于我的爱,不因着万物毁灭而更变!

她的爱不但包围我,而且普遍的包围着一切爱我的人;而且因着爱我,她也爱了天下的儿女,她更爱了天下的母亲。小朋友!告诉你一句小孩子以为是极浅显,而大人们以为是极高深的话,"世界便是这样的建造起来的!"

世界上没有两件事物是完全相同的,同在你头上的两根丝发,也不能一般长短。然而——请小朋友们和我同声赞美!只有普天下的母亲的爱,或隐或显,或出或没,不论你用斗量,用尺量,或是用心灵的度量衡来握测;我的母亲对于我,你的母亲对于你,她的和他的母亲对于她和他;她们的爱是一般的长阔高深,分毫都不差减。小朋友!我敢说,也敢信古往今来,没有一个敢来驳我这句话。当我发觉了这神圣的秘密的时候,我竟欢喜感动得伏案痛哭!

我的心潮,沸涌到最高度,我知道于我的病体是不相宜的,且我更知道我所写的都不出你们的智慧范围之外。——窗外是下着紧一阵慢一阵的秋雨,玫瑰花的香气,也正无声地赞美"自然母亲"的爱！

我现在不在母亲的身畔，——但我知道她的爱没有一刻离开我，她自己也如此说！——暂时无从再打听关于我的幼年的消息，然而我会写信给我的母亲。我说："亲爱的母亲，请你将我所不知道的关于我的事，随时记下寄来给我。我现在正是考古家一般的，要从深知我的你口中，研究我神秘的自己。"

被上帝祝福的小朋友！你们正在母亲的怀里。——小朋友！我教给你，你看完了这一封信，放下报纸，就快快跑去找你的母亲——若是她出去了，就去坐在门槛上，静静地等她回来——不论在屋里或是院中，把她寻见了，你便上去攀住她，左右亲她的脸，你说："母亲！若是你有工夫，请你将我小时候的事情，说给我听！"等她坐下了，你便坐在她的膝上，倚在她的胸前，你听得见她心脉和缓的跳动，你仰着脸，会有无数关于你的，你所不知道的美妙的故事，从她口里天乐一般的唱将出来！

然后，——小朋友！我愿你告诉我，她对你所说的都是什么事。

我现在正病着，没有母亲坐在旁边，小朋友一定怜念我，然而我有说不尽的感谢！造物者将我交付给我母亲的时候，竟赋予了我以记忆的心才；现在又从忙碌的课程中替我匀出七日夜来，回想母亲的爱。我病中光阴,因着这回想,寸寸都是甜蜜的。

小朋友,再谈吧,致我的爱与你们的母亲!

你的朋友　冰心

一九二三年十二月五日晨,圣卜生疗养院,威尔斯利

给洛洛的一封信

林特特

洛洛：

还记得吗？

你四岁时，我们全家打了辆专车从北京去香河。

烈日炎炎，我们坐在车的后排，依偎在我身边的你越来越不舒服。

你说，我想吐。我发现你有些晕车，为引开你的注意力，于是，我给你讲故事。

你曾问我一千零一遍，像每个孩子都问父母一千零一遍的问题："我从哪里来？"

堵在高架桥上，我抱着满脸通红的你信口开河：

"有一天，爸爸妈妈想要一个孩子，爸爸就把种子放在妈妈身体里，然后我们手拉手睡着了。梦里，我们飞到天上，遇见一个仙女,仙女对我们招手,她说:'想要孩子吗?跟我去挑一个小天使吧。'"

你听入神了。

我继续发挥想象,尽情勾勒在天上遇见小天使们的情景。

"游乐园里,许多小天使在玩耍。他们你追我,我追你。终于,我和爸爸在滑梯旁发现了一个小天使,他有点儿馋,嘴角还有一粒面包渣,一笑眼就眯起来……"

你知道,我说的是你,在我的怀里,把眼笑得眯起来。

坐在副驾驶座的爸爸忽然转过头,加入创作:"还跑得特别快,我抓都抓不住。"

你咯咯咯地笑起来,以为这些都是真的。

那天,这个故事我讲了五遍。

后面的情节包括,我和爸爸如何一眼挑中你、下定决心要你,仙女如何苦劝我们再想想,再挑挑,都被我们严词拒绝。

听了五遍,你睡着了。

醒来,你问我,什么时候发现你就是那个小天使。

我说:"梦醒后的第九个月,我生下了你,爸爸见你第一眼,就惊呆了,冲我喊:'天啊,这不就是我们在天上挑的小天使吗?'"

你开心地点点头。

车很快到了香河，我们马上加入一场马拉松的围观，我说过的话都忘了，没想到你心心念念一直记着。

半年后，我和你吵架了。

我情绪失控，把你推出门，对你说，我不想做你妈妈了。

你的反应出乎我的意料。

不到五岁的你愤怒地质问我："我在天上做小天使做得好好的，是你把我挑回来的，现在不想要我了？"

一时间，我惊诧地忘了生气。

惊诧你还记得，而我已经忘了。

可既然故事已在你的心里生根发芽，你坚信你是小天使，我能做的就是帮你坚定这种坚信，我立马说，对不起，我再也不说让你走了。

从那以后，你的想象围绕着天使。

你曾笑眯眯对着夜空发呆，我问你在干什么，你反问我："就是那架滑梯吗？"你指着一弯新月，"是你和爸爸发现我的滑梯吗？"

一次，我陪你看星云图，我解释什么是仙琴座，什么是巨蟹座，你畅想着："我在天上做小天使的时候，就弹过这个琴，和这个小螃蟹玩过。"

甚至，夏天的周末，我们一家在京郊度假，清晰地见到银河的那一刻，你老练地拍拍爸爸的肩，脱口而出："啊！爸爸，我做小天使时，一定在这条河边洗过脚。"

总之，当你坚信自己是小天使后，一切都变得有梦幻色彩，你像玩拼图一样，拿想象补全前史，发生的一切都以天使为主角。

你继而关心，如果你是天使，你的翅膀后来去哪儿了？

我给你的解释是藏起来了，怕你飞走；爸爸的解释也是藏起来了，"但等你能飞、想飞，我就陪你飞"。

我有时候想，这就是爸爸和妈妈对待孩子的态度的区别吧。

一段时间内，"究竟藏到哪里去了？"你总是不停地问。

那时，只要你单独待在房间，就扑腾腾地翻箱倒柜。你还问了很多同学："你找到你的翅膀了吗？"

我是在春运途中，终于找到合适的答案告诉你："为什么每年，爸爸妈妈要带你回老家？因为你的翅膀，一只藏在妈妈的老家安徽黄山的山洞里，一只藏在爸爸的老家福建武夷山的山洞里。我们回老家，是翅膀在默默引领着我们回去看它。"

除了翅膀，你还用天使来解决了更深刻的问题，关于生死。

你会问我:"天使在做天使之前,是什么?""你和爸爸以前也是天使吗?""如果我是天使,我以后想要孩子,也要去天上挑天使吗?"

于是,我编织了一个轮回:"小天使被人间的父母挑回来,慢慢长大,也变成父母,再去天上挑天使做孩子;他们变老,特别老,就再回到天上,过一段时间,再变成天使,等待人间的父母来挑。"

天知道,编织的过程有多复杂。

用网络文学的话来说,我几乎为你专门打造了一个世界观。

天知道,你的衍生能力有多奇妙。

当一个清晨,我醒来,发现你睁大了眼睛,显然比我醒得更早,并显得很忧虑,我问你在想什么。

你回答,如果你和爸爸回到天上,我还在地上,我们是不是见不着了。

我说,也许见不着,也许有一天,我和爸爸又到地上,又需要去天上挑小天使,可能还会遇见你,但我们都变样了,不一定认识对方,可能会错过。

你就这么忧虑了一天,直到晚上放学回来,搂着我脖子,说你想出办法了——

那天,你郑重其事地说:"妈妈,我不是总把'走'说成'抖'吗?等你和爸爸再去挑小天使时,我们都变样了,我就坐在滑梯旁,谁来挑我我都不走,你们一喊'抖',我就知道我的爸爸妈妈来了,我就跟你们回家。"

你因想出办法,眼睛又笑得眯起来。

我哭了,我开了个头,你把"天使"续写下去,直至给我一个温暖的结尾及解决方案。

这个由我开头,由你续写的童话,最终出版。我在《你是我的小天使》新书发布会上,告诉在场的来宾,它治愈了我。曾有一句话,"怀同样心愿者不曾别离",而我的洛洛,你让我也不怕死,因为"怀同样赤诚之爱的人无论何时都有相认的暗号"。

谢谢你,我的小天使,你用你的方式给我了一个从生到死完美的解释。

辑六 最好的时光在路上

写给走进初中校园的孩子们

孙瑞雪

亲爱的孩子：

当你听到这封信时，一段新的历程即将在你面前展开。我邀请你，尝试着回忆一下你的婴儿期——躺在妈妈的怀里吃奶，咿咿呀呀，展露第一次微笑……你长出牙，学会吃饭，学会走路……当你走进幼儿园，你体验分离和相聚，快乐和痛苦，自由和禁锢，沮丧与自信，孤独和坚强……

走过整个童年，你迈进小学，学会识字，学会读书，有了深切的友谊，有了思考的萌芽，你体验内心的冲突与和谐，体验友谊和背叛，体验公正和不公平，体验压力和放松，体验失望和成就感……你体验了比我现在说的，要多得多的历程。这些体验和经历使你拥有自我感，使你拥有稳定的存在感。依靠这些历程，你创造了此刻的你自己——你是何等的杰出和了不起！

现在,你就要进入另一个时期,这是大自然对人类的设定,就像蝴蝶的蜕变。蝴蝶要经过卵期(胚胎期),幼虫期(生长期),蛹期(转变时期),最后是成虫期(有性时期)。今天的你们,就好比是蝴蝶的蛹期,是生命的蜕变时期。也许这个比喻并不十分恰当,因为人类并不同于其他事物,是万物之精灵——石头可以蜕变为钻石,植物可以开出美丽的花朵——人类的蜕变,你的蜕变,将会何等的璀璨、美妙和令人震惊?

只是你们恰好在这蜕变之中,在这惊心动魄的自我创造之中,并不能抽身出来,自己看到自己,这是你们到了中年、或是老年,要回来看的事情。

所以享受这个过程吧,不要害怕,因为这是大自然的定夺,所以天地自会护你,父母自会佑你,而你要学会自己护佑自己,这很重要。

在这个蜕变的历程中,你定会体验到自己在不同的方面都在逐渐变得强大;但也许也会同步体验到内在的无力感。你的眼睛会看到一个过去你毫无兴趣的世界,你会看到不一样的父母和老师,你开始有自己与他人截然不同的想法,也许会和成人产生意识上的冲突。

这个时候,你需要使用你的智能,在关系中去处理冲突和保有平衡，学会自主和独立，也要学会妥协和聆听；学会平等和界限，也要学会契约和规则；学会选择和承担选择后的责任，也要学会拒绝和远离；学会包容和合作，也要学会评估和尊重。

你的身体会开始产生一些微妙的变化，这个时候你会喜欢音乐，也许古典音乐能够帮助到你；你的情感世界也会扩宽，你会产生爱，你的友谊会变得很美妙曲折。如果你对男女两性产生兴趣，那就去学习了解他们。

如果你发现在哪门学科中你颇有天赋，记得余一些时间在其他学科中，这会使你发现你自己；你的智能开始启动，你可以尝试着发现不同学科的概念、用语和思维；学会思考，而且每天安排一段安静的时间给自己，这对你的智能发展很重要，你的思考能力由此可以逐渐独立。

我尝试着在我的生命中，拣选那些或许对你的生命有支持的核心点——这个时期的你，习得什么，会对你的一生有所帮助？

我最期待你可以学会和自己过精神生活，这样你就会获得独立、自由和快乐；同时祝福你可以交到心灵的朋友，而不会感到孤独。

我期待你无论遇到任何人和任何事，无论多么残酷和艰难，无论谁贬斥你，无论你的内在是否产生了尊卑之分，请始终爱你自己，你如何看待你自己，这才是最重要的；即使有些事你做错了，也要爱自己，支持自己，信任自己。练习做到这一点，坚信爱自己是个不灭的真相，你就会对这个世界抱有希望。

我期待，你所遇到的任何一件挫败的事情，你都可以从挫败中，找到对你的生命有支持和帮助的三个积极的意义。寻找意义，使你保有自己生命的特质，以独特的眼光看待生活。

我期待你可以发现，并投入到你内心充满激情的事情中去。无论做什么，请带着一份觉知，自己能观察自己的所思、所想、所感和所为。只要带着这份警觉和观照，你就不会用对错来评判自己所做的事情，所有的事情只会成为你生命的一种体验。

所有这些远远不够表达你的父母和老师对你深深的爱和祝福。但，也许对于你的成长，这些已经足够。当你走完这段蜕变的历程，走到成人的那一天，这个世界会对你说：

我的朋友，谢谢你的支持，谢谢你的爱！

写给儿子未来的一封信

金鱼酱

亲爱的花生：

当你能读懂妈妈写给你的这封信时，我想也应该是可以带你去看爸爸的时候了。你现在肯定已经变成一个阳光帅气的少年了，爸爸见到你一定会很开心、很欣慰的。你应该不会再相信爸爸去忽忽星球这样的话了对吧？可这是在你两岁时妈妈能想到最好的、为什么爸爸不能陪伴在你身边的理由了。不知道爸爸曾短暂陪伴你的时光里你能留下的记忆有多少，可无论多少，希望你别责怪和忘了爸爸。他最喜欢把你抱起来举得高高的，因为你会笑得很开心，爸爸喜欢看你笑起来的模样。

我很想跟你聊关于爸爸的一切，可是在妈妈最难受、最煎熬的那些日子里，都没办法跟你开口提起这些。我想你的印象里妈妈永远是那个带你旅游、陪你看书、跟你疯闹的笑容满面的妈妈。偶尔几次哭被你看到你还会奶声奶气地安慰我："妈妈别哭，我会带你找爸爸的。"那个两岁时的你真的好懂事，现在终于可以跟你聊爸爸了，我想告诉你，你有一个很爱你很爱你的好爸爸。

10月28日这天你选择来到了我们身边，到今天我都记得九个小时的顺产后见到你时的那个场景：没哭几声的你就想努力睁开眼睛好奇地打量四周，看看我又看看灯，我怀里抱着你，感谢上苍把你这个小天使带到了我们身边。从那以后爸爸就开始努力学着关于你的一切了。无论是在医院里喂奶后的拍嗝，还是晒黄疸，抑或是之后月子中心的换尿不湿和洗澡，都是爸爸第一个学会的。

和你在一起时我们两个人都发自内心地觉得幸福，我们也是第一次做爸妈，有很多不足也在努力学习，谢谢你一直乖乖的没让我们太狼狈不堪。

爸爸其实也是一个大小孩，每次买回来的新玩具他都要先玩一遍，然后你就那么好奇地看着他，他最向往的将来和你的父子关系就是喝着小酒无话不谈还能一起游山玩水的那种。爸爸说将来一定要和你像朋友一样，希望有一天可以跟你一起玩滑翔伞、一起去潜水，我也想一直这样给你们拍照记录着。直到今天回忆起这些点滴妈妈都是甜蜜地笑着。

因为想画出温暖人心的画，所以妈妈一直很热爱生活。

可是就在那年夏天，我们的人生都变了。

2017年8月18日，爸爸入院了，没有人告诉他，他已经到了癌症晚期。爸爸还笑嘻嘻地等着检查完，出院以后可以回来陪你。那天晚上我哭得撕心裂肺，把你吓到了，你也大哭了起来往我怀里钻。看到你哭妈妈好心疼，紧紧抱着你收起了眼泪，给你喂奶让你安静地睡下。第二天等我来到医院见了主治医生，医生平静地告诉我，爸爸大概就剩三个月的时间了⋯⋯

这让妈妈怎么接受呢？我能求谁？我看着天想着家里的你，这么可爱的你将来的人生却不能再有爸爸了⋯⋯想着一门之隔的爸爸什么都不知道，那么怕疼的他要开始遭多少罪，那个时候的我除了哭真的什么都不想做。可如今给你写信时回忆起那一天，我已经不哭了，因为比起之后要面对的，那一天的打击真的不算什么了。

亲爱的花生，希望你永怀感恩之心，在我们这个小家庭面对人生不幸时，我们的亲人、朋友，还有喜欢妈妈画的那些熟悉的陌生人都给了我们很多帮助和爱。妈妈能一个人带你坚强走下去是他们给了我们帮助和爱,也请你不要抱怨上天带走了你的爸爸。妈妈从没怨恨过它,三个月的人生倒计时最后奇迹地给了我们一年半的光阴。这些多出来的时间,妈妈和爸爸尽了最大的能力给你留下了更多的回忆希望你快乐,也希望能让你多记住点你有这么个爸爸。比起别人还有四五十年的相伴,我们的一年半时间真是少得可怜,可是妈妈已经无比珍惜了,也希望你能心怀对爸爸的思恋和爱,继续这样坚强、勇敢、快乐地过好自己的人生。

在爸爸做完第一期化疗后,我做了第一个跟他说实话的人。在我的印象里爸爸很少哭,因为他很坚强。第一次哭是妈妈高中毕业去外地读大学他来火车站送我;第二次是在我们的婚礼上我给他唱完歌;第三次,就是他知道自己只有三个月时间了,爸爸哭得好伤心。那天晚上我们俩聊了好久,最后爸爸说:想单独和我一起再旅游一次,回来以后我们就好好珍惜剩下的日子全部用来陪伴你。

带你去台湾是我们亲子游的第一站,以前妈妈和爸爸出去旅行都是提前半年订好机票酒店,可是爸爸生病以后,我们每次出门前计算的都是爸爸每一期做完化疗的时间。

每次打完化疗针爸爸的整只手都会僵硬，冰冷得都不能碰。他不能再下水陪你游泳了，可还是会把你举得高高的，他说再痛也要做，因为又能看到你笑得超开心的模样。妈妈体会不到爸爸肉体的疼痛，但我心里的苦一分也不会少。可是坚强的爸爸从不会因为病痛而悲伤沮丧，他就是这样一个乐天派的人。在台湾的日子里我们玩得好开心，可妈妈每次开心幸福时，心里就会揪心地痛一次。

爸爸是个很喜欢大海的人，我们度蜜月时就是沿着爱琴海旅行，以至于爸爸后来离开这世上都是在海边的医院里。然后妈妈也带着你，就在爸爸离开的城市里住下来了，因为妈妈不敢回武汉，不敢面对那个曾经的家，不敢走那些很多很多年前就和爸爸一起走过的街头巷尾，可是没有爸爸的地方都是流浪啊。妈妈小时候很渴望能有一个属于自己的家，所以我好珍惜和爸爸在一起的新生活，也想给你一个温暖的家。后来妈妈慢慢明白家不仅仅是一个有顶的房子，也不是某一个人，家可以在我们的心中。只要我们永远保有一颗挚爱的心，即使爱的人不在了，即使曾经的屋顶不在了，家还是在我们心中的。

没有爸爸是你心里很痛、很遗憾的事情对不对？可是你回头看看妈妈陪你走过的路，是不是也是温暖和幸福的？家里有爸爸的照片,每天我们会跟爸爸道晚安。爸爸送给你的礼物也都陪伴着你长大,爸爸在我们心里,我们三个人依旧是一家人。你一点也不缺爱,你现在应该是一个温暖又更加懂得去爱人的孩子了对不对?

从台湾回来爸爸休息了很久,他太累了,没过多久又回医院去治疗了。一年半以来爸爸一共做了十四期化疗,天知道我们是怎么坚持下来的。最后爸爸手上都没有可以打针的血管了,因为化疗太伤身体也太伤血管,所有手臂上的血管都坏了,爸爸还跟我开玩笑说:"白白嫩嫩的包子手没有了哟。"

妈妈就没爸爸一半的坚强,我每次去医院看到护士给他扎针,我就心疼得哭。在你眼里最坚强、最凶的妈妈在爸爸身边就是个爱哭鬼。

爸爸因为吃了靶向药,全身脱皮,头发都快掉光了,所以他总是戴帽子。可是爸爸还是很帅气的对不对?在港大医院里我有问过爸爸要不要给你录一些生日祝福,那个时候的爸爸已经瘦脱了相,也很憔悴。他说不要,他不想你看到他那个样子,他怕吓到你,也不想你对他最后的记忆是那个模样,爸爸希望你记的是他健康的模样。妈妈十几岁认识爸爸时他就是现在你这个样子,我看到你时也会觉得爸爸好像回来了。所以如果哪天你抱一抱妈妈，跟妈妈说一声"辛苦了"，我肯定会很开心的。

化疗和靶向药的副作用都在提醒着我们这个叫时间和生命的东西，可是我们依旧对生活充满希望，对未来也奢望幻想，希望能有一剂神奇的癌症药救救爸爸年轻的生命。每次去医院爸爸都是数一数二年轻的病患，病友们看到我们又年轻又恩爱，还听说有个孩子就会摇头，感叹要我们加油。是啊，年轻的生命怎么会愿意向癌症低头？妈妈当时一直就是想着不奢望一辈子，如果能有奇迹，五年时间也好。起码能看着花生上小学，起码能让你记住爸爸，起码我们还能有五年，可惜与癌共存的美好愿景并没降临到我们身上。

可我至今也无怨无悔，毕竟努力付出全力的日子我真的无怨无悔。

那个夏天快结束时，我们去工作室拍了一家三口的艺术照。

爸爸的生日过后就是你的生日了，我们家花生两岁了。妈妈忙了一个通宵布置家里，爸爸在你生日当天正好要做化疗，他早早就去了医院。等到他回来，我看着他的脸都白了，应该是赶着回来陪你的。

这也是爸爸陪你的最后一个生日了，往后的人生妈妈害怕的日子不仅仅是父亲节，而是以后的人生都没有爸爸陪伴你的生日,没有爸爸陪伴的结婚纪念日,也没有爸爸的新年,还有他的忌日……我都害怕,可是我都没让你看出来是吧?因为妈妈答应过爸爸,即使他不在,也会继续跟你好好过下去的。所以每年你的生日妈妈都会送你一段旅行,每个父亲节妈妈都陪你过,每个新年也都有妈妈和一大家子亲人陪伴你,我们把对爸爸的思恋和爱放在心底深处,妈妈是不是从小都有教育你,遇到事情不要哭,只有想爸爸了才能哭。

爸爸给你讲过的书,妈妈都一直留在家里的书柜里。看到那些书时,我仿佛都能听到爸爸的声音。最后一张看书的照片是爸爸在深圳的出租屋里,他已经难受到走不动路了,还要给你讲故事。他那么爱笑的一个人,最后被病痛折磨到很少笑了。一路以来都不哭的爸爸可能也感受到了生命真的要到尽头了,他每天都在跟我回忆、跟我交代,跟我说着说着就流眼泪。

3月2日清晨,爸爸突然说想给你买份礼物,我跑去医院的商店选了这个摩托车。爸爸说他想见你,想亲自送给你,然后爸爸就再没说过话了。他的器官都衰竭了,都没办法控制自己眨眨眼,就那么一直睁着大大的眼睛。外公外婆把你带到医院时,我告诉爸爸花生来了,他马上把手伸进枕头下面,把这个车子拿出来就要递给你,他真的是很用力地在记住这个动作,不自然的动作生硬到我止不住地哭。你用好大的声音喊爸爸，可是爸爸好像看不见你在哪里了，他用尽了力气跟你说了句："花生，要听话。"就真的没有再说一个字了……

妈妈拍下了我们一家三口最后的一张照片。

爸爸流着泪走了……

2019年3月2日13点11分（一生一次一世）。

在妈妈生日和我们结婚纪念日的前一天爸爸走了，直到人生尽头爸爸都在爱着我们。

妈妈给你写了这么一封长长的信，从没想过要感动谁，只是想告诉你，你不要觉得自己是可怜的单亲家庭的孩子，你的爸妈很相爱也很爱你。你有一个好爸爸，他曾用全部生命去好好爱着你。无论有没有爸爸在身边，你都不要觉得孤单，你还有我这个妈妈陪伴着你。这是2019年父亲节前一天妈妈写给你的，希望你见到爸爸时的第一句话是："爸爸我爱你，谢谢你！"

写给十个寻找理想的孩子

巴金

亲爱的同学们：

你们的信使我感到为难。我是一个有病的老人，最近虽然去北京开过会，可是回到上海就仿佛生了一场大病似的，一点力气也没有，讲话上气不接下气，写字手指不听指挥，因此要"以最快的速度"给你们一个回答，我很难办到。要带着你们朝前飞奔，不是我不愿意，而是力不能及了。这就说明我不但并无"神奇的力量"，而且连你们有的那种朝气我也没有，更不用说什么"神秘钥匙"了。

不过我看你们也不必这样急。"寻求理想"不是一天、两天的事。理想是存在的。可是有的人追求了一生只得到幻灭；有的人找到了它一直坚持到生命的最后一息。各人有各人的目标，对理想当然也有不同的理解。你们在"向钱看"的社会风气中感觉到窒息，不正是说明你们的理想起了作用吗？我不能不问，你们是不是感到了孤独，因此才把自己比作"迷途的羔羊"？可是照我看，你们并没有"迷途"，"迷途"的倒是你们四周的一些人。

我常常想，我们生活在其中的社会有时是十分古怪，叫人难以理解。人们喜欢说，形势大好，我也这样说过。这种说法不是没有道理，我也有自己的经验；根据我耳闻目睹，舍身救人、一心为公的英雄事迹和一人有难八方支援的好人好事，每天都在远近发生。从好的方面看当然一切都好，但要是专找不好的方面看，人就觉得好像被坏的东西包围了。尽管形势大好，总是困难很多；尽管遍地理想，偏偏有人唯利是图。你们说这是"新的现象"，我看风并不是一天两天刮起来的。面对着这种现象，有人毫不在乎。即使出现这样的情况，譬如说钞票变成了发光的明珠，大家都追求发财这一个目标，人人争当"能赚会花"的英雄；又如从喜欢说空话、爱听假话，发展到贩卖假药、推销劣货，发展到以权谋私、见利忘义。他们还是说这是支流，支流敌不过主流，正如邪不胜正。

我也是相信邪不胜正的人。但是同学们，请原谅，束手等待是盼不到美好的明天的。我说邪不胜正，因为在任何社会里都存在着是与非、光明与阴暗的斗争。最后的胜利当然属于正义、属于光明。但是在某一个时期甚至在较长的一段时期，是也会败于非，光明也会被阴暗掩盖，支流也会超过主流。在这里斗争双方力量的强弱会起大的作用。在这一场理想与金钱的斗争中，我们绝不是旁观者，斗争的胜败关系到我们每个人的命运。我常常想，为什么宣传了几十年的崇高理想和大好形势，却无法防止黄金瘟疫的传播？为什么用理想教育人们几十年，今天年轻的学生还彷徨无主、四处寻求呢？

小朋友们，不瞒你们说，对着眼前五光十色的景象，就连我有时也感到迷惑不解了。我要问，理想究竟是什么？难道它是虚无缥缈的东西？难道它是没有具体内容的空话？这几十年来我们哪一天中断过关于理想的宣传？那么传播黄金瘟疫的病毒究竟来自何处、哪方？

今天到处在揭发有人贩卖霉烂的食品，推销冒牌的假货，办无聊小报，印盗版书，做各种空头生意，为了致富不惜损公肥私、祸国害人。这些人，他们也谈理想，也讲豪言壮语，他们说一套做另外一套。对他们，理想不过是招牌、是装饰、是工具。他们口里越是讲得天花乱坠，做的事情越是见不得人。在所谓"不正之风"刮得最厉害、是非难分、真假难辨的时候，我也曾几次疑惑地问自己：理想究竟在什么地方？它是不是已经被狂风巨浪吹打得无踪无影？我仿佛看见支流压倒了主流，它气势汹汹地滚滚向前。

然而即使在这个时候我也没有理由灰心绝望，因为理想明明还在我前面闪光。理想，是的，我又看见了理想。我指的不是化妆品，不是空谈，也不是挂在人们嘴上的口头禅。理想是那么鲜明，看得见，而且同我们血肉相连。它是海洋，我好比一滴水；它是大山，我不过一粒泥沙。不管我多么渺小，从它那里我可以吸取无穷无尽的力量。拜金主义的洪流不论如何泛滥，如何冲击，始终毁灭不了我的理想。问题在于我们一定要顶得住。我们要为自己的理想献身。

我在二十世纪二十年代写作生活的初期就说过："把个人的生命联系在群体的生命上面，在人类繁荣的时候，我们只看见生命的延续，哪里还有个人的灭亡？"在三十年代中我又说："我们每个人都有更多的同情，更多的爱，更多的欢乐，更多的眼泪，比我们维持自己的生存所需要的多得多，我们必须把它们分给别人，不这样做，我们就会感到内部干枯。"你们问我伏案写作的时候想的是什么？我追求什么？我可以坦率地回答：我想的就是上面那些话。

亲爱的同学们，我多么羡慕你们。青春是无限的魅力，青春是人类的希望，理想不抛弃苦心追求的人，只要不停止追求，你们会沐浴在理想的光辉之中。不用害怕，不要看轻自己，你们绝不是孤独的！昂起头来，风再大，浪再高，只要你们站得稳，顶得住，就不会给黄金潮冲倒。

这就是一个八十一岁老人来迟了的回答。

巴金

六月二十五日

孩子的礼赞

李长之

我从孩子们那里得的是太多了，可是我常对不起孩子。在孩子们的群里，我得着解放，我忘怀一切，可是我常不知不觉，露出多于他们的心眼儿，在玩上胜了他们，事后想想，这胜利都是可耻的，而且感到悲哀。

前几天吧，有几个孩子，是不相识的，登门来要画片。画片是我所爱的，来的是同好，我当然欢迎。可是界限也是有的，便是以我不太欢喜的画片为限，太大的牺牲，我是舍不得。我先把极其喜欢的画片藏着，谁知孩子们是不客气的，抽屉里大的都翻出来了，我要禁止，不过因为我向来是不会摆尊严的面孔的，尤其对于我愿意亲近的孩子们，我也只能束手了。这是每每使我想到我那曾经在小学校教过一小时的书的经验，我看着像海里的珍珠一样的一群人，他们起始就嬉笑地望着我，我不能装模作样，我摆不出教师的架子，我就先笑了，他们也笑起来，于是我和他们哄然地下了堂。我说我不能教你们了，你们太顽皮了，可是他们一点也不是和我过不去，倒是太有好感了，许多孩子来拉我的手，我俯着身子应接不暇，他们还有跳在我肩头的，抱着我的脖颈的，前边是些孩子挡着去路，后边是些孩子拥着，我于是陷在沉思里了。我觉得孩子是对的，我也没有错，可痛恨的却是现在的教育制度，因为在沉思，而且在倾向他们，我便一句责难他们的话也没有了。就是在这种场合，我有所屈服，我更不能尊严。这回也是的，孩子们嬉笑着，把我的画片都把在手里了，这时我就对不起孩子了，我说画片上有故事，得我讲才行，先把画片哄到手，把自己心爱的就隔过去，倘如被他们的小手指画着，意在暴露我的破绽时，我就说一个"那张不好"以了之。不多时候，我却发觉我的失败了，因为他们并没对那顺口瞎溜的故事有兴趣，他们对于画的好坏之感，也没听了我的指挥。我以为狗猫是他们喜欢的，在我又是想扔了的，我便大夸其好，以便他们要，好送给他们。可是他们很冷淡。也仿佛是多半引起了另外的野心，倒把目前的放过了似的。我在这里说狗猫，他们却说要看牛，翻着牛了，他们却说要看马。马我是有的，我不能示弱，必要向他们炫耀，我那张是法国达维（David）画的拿破仑骑着的一匹马，一向是爱着的，我一定要炫耀一下了，可又怕被孩子们要了去。终于炫耀的心强，战战兢兢地给他们看了，果然他们很喜欢，都跳了起来。我刚担心他们是要拿走的，其中的一个孩子却向我提出更进一步的要求了，他说画上一匹马的他不要，他要两匹的，接着就有一个孩子要三匹的，于是四匹、五匹的都来了。我才知道他们并不是死死地要占有一张画，他们却是有理想的，只追求一种理想，他们实在是高尚多了。我在惭愧中，我说着："等我画吧，要多少匹，画多少匹。"他们于是跳着，高兴地逞能把匹数加多起来，就跳着去了。

这回我在孩子们那里不是得的很多了吗？我知道孩子们如何爱美，又如何纯洁，更如何近于纯粹的审美的观照，在我自己，却是如何狭小，如何不及他们光明都证明出了。

我常对不起孩子们的，可是孩子们并不冷淡我。我每每感到在孩子们前头而惭愧的，孩子们却像依然对我加以原宥。孩子们依然是给了我许多知识和德行。正如歌德说，我们当以他们为师。

现在在一起的孩子们中，我得益顶多的，又彼此知道姓名的，是小鸠子。也许是我敏感或过敏，这孩子和我颇有交情。孩子的爸爸组缃，真是如我们几个朋友所加的徽号，是一位感伤主义者，他看一件什么事物，无往而没有感伤的色彩。连他的声调也是感伤主义的，虽然在锐利的幽默中，甚而哪怕是讥笑的态度，也有悯怜的伤感的同情在。他的夫人和孩子刚来北平不久，他曾向我介绍过他的孩子，据说是非常想家，常模仿在家里的祖母想她的光景，而且还感到孤寂，因为那时还没有一块玩的小孩，孩子才多大呢，不过六岁。我心里想，组缃的话是不能不承认的，因为有他这样伤感的爸爸，孩子难以不伤感，而且纵然不伤感，由感伤主义者的爸爸看去，也会伤感了的。

孩子是聪明的，大眼睛，像她的母亲。她母亲有一般的母亲的习惯，爱记得孩子在各种才能上初学时的情况，而且爱和人说。我没想到这小鸠子会那么和我好感，因为我就不大能讲故事，连孩子的语言也很不熟悉，可是她是可以把故事讲给我听的，而把孩子的语言和我说的。不但这，有次我看见她画的画，是画人，头都是圆头圆脑的，两个耳朵挂在头皮上，像茶壶盖的鼻子，腿照例是单线的，脚是和手没有分别。我看她是画的那么用心，我想起来了，不光她，一般的孩子，在会使用笔以后，没有不施展创作才能的人，人类对于艺术竟是这么根本而且普遍的呢！这发现，就是从小鸠子得来的。我那时继而想，孩子的像爱艺术一样的好倾向，是一切孩子共同着的。在反面，孩子的坏习惯，却是决不一律，这个会偷钱，那个会撒谎，但绝不是共同的。就可见人是善的，所谓坏不过是不好的环境中一些适应的方法而已。我从而知道，孩子、艺术、善，是三而一，一而三的宝贝了，这认识也是小鸠子给我的。

从孩子们那里，我们才减少了对人类的失望，我们才更坚决了社会新建设的急需与志愿。

孩子们那里有光明。孩子们那里有温暖的爱。又一回，是我坐着听音乐，我正和朋友们搭讪着讲话呢，忽然有两只拖着我衣襟的小手，在笑声里，"找着你了！找着你了！"地喊着，我一回头，却是小鸠子，圆圆的脸上，那么出之衷肠地高兴。

最近，我却真的对不起她了。那是晚上，在路上碰见她父母和她三人了。请他们在屋里坐了坐以后，送他们回去。我抱着她，我先向她说说这，说说那。我慢慢一种顽皮的孩子的野性恢复起来了，我问她："为什么没见你哭？为什么没见你闹？"

她说："我不哭，我不闹。"在嬉笑里持着正经的作答。

我向来是反抗的，我是诅咒孩子背成人的教训的，成人是教育，不过是想把孩子弄驯，驯得像自己一样枯燥、奴性才罢休。所以我一有机会，便想煽动孩子，使他们也偏不驯一下，和成人示示威。当时我就说："不好。好孩子没有不哭不闹的。你的同学，也不哭不闹吗？"

"也不。"她笑了。

"不好！"我说。

"怎么没有哭的，闹的？没有一个好孩子吗？"还是我说。

"有，"她说，"金国良闹来，挨打，哭来。"

"好，好，那是好孩子！"

我们都笑了。在她听了我的论调后，还有种新奇的表情，大概会感到清新而又惬意的吧，我可以看出来。我们转换了论点。她说她要把我拖到她家里去，我说我抱着她不撒手，一会儿就再可以抱回来，并不让她回去了。她听见了，可真急得要挣下来，我没放她。我说："我不能去的。你爸爸妈妈都不让。你不信，一到门口，你爸爸就说请回，把我请回来了。"她又表情新奇地笑着了。我说："你听，你爸爸要说请回了。"我放下她，她还拼命地拖着我，组缃果然说着"请回"，我说着"再见"，就打算回来了，小鸠子不让了，组缃要来抱她，她上去就打起爸爸来了，也哭也闹，好容易她妈妈才抱着去了。组缃说着："Irrational[1]！Irrational！"我轻轻地说着："正是Rational[2]！正是

---

1 Irrational:英文，非理性的，不合情理的。
2 Rational:英文，理性的，合的。

Rational！再见！"回来的路上，还听见哭声和闹声。我正感激那纯真的可敬爱的珍贵的泪之余，我觉得我只惹起反抗的情绪，并没有进一步的积极长远的办法，不免落了幼稚的革命家的窠臼。但孩子却还是我们的导师，究竟如何谋他们的解放和福利呢？

当爸的感觉

梁晓声

尽管我的儿子早已不是儿童,而是初二的学生了。尽管我已经纯粹为了自己得以从稿债中解脱,根本不睬他的抗议拿他做过两次文章了。我常想我若有五六个儿子就好了,便可轮番地写来,甚至可以在几个儿子之间采取小小的"重点政策",使儿子们相互嫉妒,认为当老子的写了谁,乃是谁的殊荣。那我不是就变被动为主动了吗?无奈我只有这么一个儿子。无奈他对我的容忍度,已然放宽到连自己都十分难为情的地步了……

儿子刚刚背着行李,参加军训去了,临走前见我铺开稿纸,煞有介事地思考,犹犹豫豫地写下题目,凑过来瞟了一眼,嘲讽地说:"爸,你真是个天才。从我这么一个平庸的儿子身上,你竟能发现那么多可写的素材!"

我说:"儿子,我向你保证,这是最后一次!"

儿子说："别保证。用不着保证。你发誓我都不会相信！说相声的常拿自己的'二大爷'逗哏儿，你跟相声演员们犯的是同一种职业病。我充分理解！"

我说："好儿子，谢谢。"

他说："不用谢。因为我也开始写你了，而且已经公开发表了一篇。"

我一惊，忙问："发在哪儿了？"

儿子说发在班级的墙报上了。

我这才稍稍心定，又严肃地问："都写了我些什么？为什么不先让我过过目？"

儿子说："你写我，也没先征得我的同意啊！咱俩彼此彼此。"

我一时很窘，无话可说……

半夜解题

儿子中考前的一天，刚吃过晚饭就写作业。写到十点半，还有一道几何题没解出来。我几次主动"请缨"，说儿子你要不要我和你一块儿攻下这道难题啊？几次都遭到儿子颇不耐烦的拒绝。最后我不顾他的拒绝,粗暴参与。结果正如他所料,既干扰了他的思路,也浪费了他的时间,以己昏昏,使儿子昏昏。那时快十二点了。妻说你还让不让儿子睡觉了?他明天还得上一天课呀!不像你,可以在家里睡懒觉!于是我强行收起他的作业卷,以不容争辩的命令的口吻,催促他洗漱了躺到床上去。儿子也真是困到了极点,头一挨枕便酣然入眠。而我却不再睡得着。用冷水冲了头,强打精神,继续替儿子钻研那道几何难题。半个小时后,我对陪在一旁织毛衣的妻说——老爸出马,一个顶俩,我解出来了!

博得了妻对我羡佩的一笑。

第二天儿子刚起床,我便从自己枕下摸出作业卷,大言不惭地对儿子说:"这么简单的题你都不开窍?这有何难的?站到床边儿来,听老爸给你讲讲——这两个直角三角形,有两个角相等,还都有一个角是直角。三角相等,故两个三角形全等。而三角形A又等于三角形B,而三角形B又等于……"

儿子脸上便呈现出冷笑。

我生气了,说:"儿子你冷笑什么?你的态度怎么这样不谦虚?"

儿子说:"两个锐角相等的直角三角形就全等啊?直角三角

形哪儿有这么一条定理？"——于是画图使我明白，它们也有可能仅仅是相似……

我愣了半天，讷讷地说："难道……是我想象出了这么一条定理？"

儿子说："反正书上没有，老师也没教过这么一条全等直角三角形的定理。"

我羞愧难当，无地自容，躺在床上挥挥手，大赦了儿子……

我明白——我再也辅导不了儿子数理化了。从那一天起，直至永远。当年我初三下乡。当年初三的数理化教材，比如今初二教材只低不高。我太不自量力、太无自知之明了……

自己承认了这一点，使我内心里涌起一种难言的悲哀。以后，不管他写作业到多么晚，不管他看上去多么需要一个头脑聪明的人的指点和帮助，我是再也不往他跟前凑了……

给儿子写信

按照学校的要求，我得给儿子写一封信。而且此事不能让学生知道，更不能让学生看到信。在某次活动中，信将由老师分发给每一名学生，希望以这种方式，在他们普遍十四周岁以后，带给他们每人一份意外的欣喜。

于是我生平第一次给我的儿子写信。

我竟不知在这一封信里该写些什么。我不愿在信中流露出我对他的体恤。因为几乎每个城市里的初二的儿女都如他一样似箭在弦,他不应格外得到体恤。我也不愿用信的方式鞭策他。因为他自己早已深知每次在分数竞争中失利,对自己都意味着一种严峻的挑战。我不愿在信中写我对他所寄的希望。我不望子成龙。事实上只祈祝他能有幸受到高等教育,而仅仅这一点已使他过早地成熟了。他的日渐成熟正是我备感欣慰的,同时又是备感悲哀的。刚刚十四岁就开始思考人生和忧患自己未来的命运,这太令我这个当父亲的替他感到沮丧了。我自己的少年时代就是从忧患之中度过来的。我真不愿他和当年的我一样。当年的我是因为家境贫寒,如今的他是因为变成了中国高考制度的奴仆。我极端憎恶这一种现代八股式的高考制度,但我又十分冷静地明白——此一点最是我丝毫也不能流露在字里行间的……

"爸爸,你怎么想了这么久还不写?"

儿子忽然在我背后发问。显然,他站在我背后多时了。我赶紧用一只手捂住稿纸上端——捂住"给儿子的信"一行字。

良久,我听到坐在沙发上的他说:"爸,对不起,给你添麻烦了……"顿时，我眼眶有些潮了……

儿子"采访"我

儿子上个星期的一项作业是采访父母。妻上个星期几乎每天加班，不加班便上夜校。只得由我来接受"采访"，否则儿子就完不成作业。于是我和儿子之间，有了如下一次较为特别的谈话：

"你是哪一年下乡的？""这还用问？""不问我怎么清楚？""六八年。""哪一年上大学的？""七四年。""哪一年毕业的？""七七年。""你经历过坎坷吗？""经历过。""说说。""这还用说？""你不说我怎么会知道？"……

我凝视着儿子，觉得他是那样陌生。或者反过来说，他怎么对我一无所知似的？他要了解他问的那一切，是多么简单！架上陈列的，几乎每一部书脊上印着我名字的书，都有我的简历。从我的许多篇小说中，都能看到他老爸的身世。而他从来没有触摸过我的任何一部书一下。那些书对他仿佛根本就不存在，他从来也不曾扫视过那一格书架一眼。他甚至远不及别人家的，比如朋友或邻人的初二的儿女们对我的大致经历有所了解。

有一次我无意中偷听到他和他的几名男同学背地里如此谈论我的书：

"你爸爸可真写了不少书。"

"你别翻他的书！"

"你自己喜欢看吗？"

"我为什么要喜欢看他写的书？"

"借我一本看行吗？"

"不行！"

听来他似乎生起气来了。

"你干吗这样生气呀？他这些书迟早会过时的！"

"他这些书已经过时了！以后我也不看他的书。世界上那么多经典还看不过来呢！"

没想到，我以近二十年的精力和心血所获得的创作成果，在他眼里似乎皆是些没有什么意义的，仿佛一文不值的东西。

"你对你至今的人生满意吗？"儿子继续"采访"我。

我回答："谈不上满意不满意。我的人生已经这样了。我习惯了。"

"假如有一件最使你高兴的事，目前而言那可能是一件什么事？"

我几乎是恶狠狠地回答："你的学习成绩又前进了五名！"

儿子目不转睛地看了我一阵，淡淡地说："我的采访结束了，就到这儿吧！"

我意识到，我深深刺伤了儿子的自尊心。正如儿子也深深刺伤过我的自尊心一样。于是我联想到了王朔的小说《我是你爸爸》。进而又想，有一个多少具有点儿精神叛逆色彩的儿子，也好。这样的一个儿子，时刻提醒让我明白，我只不过是一个初二男生的父亲。除此之外，也许什么都不是，更没有任何可得意的资本。儿子在家里教我夹起尾巴做人。

读者，如果你的儿子已经初二了，如果你是一位父亲，我想你一定会同意我的看法——和你初二的儿子交朋友并非一件容易的事。有时他似乎将你当作朋友了，其实在他内心里，你仍然只不过是他的父亲。

当爸的感觉在现代是越来越变得粗糙而暧昧了啊！

父子书

陈年喜

凯歌：

你好！我们有多长时间没有见过面了？记得最近一次分别时，天气异常炎热。我和你妈妈给老家地里的连翘树除草。这些连翘树是开春时栽下的，草长得比树还高，完全湮没树顶了。那些天，你一个人在县城，白天去学校上课，晚上回租住屋做饭、睡觉。你妈妈老是叨叨：不知道今天吃饭了没有？是不是又睡过头没赶上去上课了？我就训她：你总不能一辈子不放手吧？其实我心里也急，急着把草除干净了好去忙别的事情，急着去看一看你的成绩单，翻翻你的作业本。但树草同性，又不能喷除草剂，三亩地，整整干了五天。从过完春节正月初六出门，整整一年时间里，我就回了两次家。三月那次回去时间太紧，连老家都没回，惹得你奶奶很不开心。你爷爷走了，奶奶一个人住在山里，非常孤独。我们每天生活在拥挤的人群里也还是孤独的。

我知道,你那次也伤透了心,是不是现在还有恨我的气,我把你的手机砸碎了。我知道,这部手机是你初中三年省吃俭用,利用学校餐补费的剩余钱买的。对于我们这样一个家庭、对于你,它都奢侈到近于天物。我也知道,那个早晨,一颗少年的心,碎落了一地。问题是你不该天天泡在游戏里。那天早晨,你妈妈去商洛医院复查身体,你的班主任给她打电话,让到学校去一下。问什么事儿,老师也不说。接到你妈妈的电话,我头一下子就大了。说真的,我一辈子失败,唯一的希望就寄托在你身上,我一辈子怕看人脸色,所以很多年来我怕开家长会。当时我一下沮丧到早饭也不愿再做了。正在气头上,你放学回来了,手里的手机里还在呜呜哇哇大战着游戏。我曾无数次地问过你,为什么要沉迷于这样一款叫"天天酷跑"的游戏?你总是回答,我不懂。有一次被问急了,你说,这个玩成功了,也能挣钱,有人就挣到钱了。对这方面,我也许真的不懂。我也曾问过你对自己命运前途的设想,你总是说,没有设想,想也白想,走一步,看一步。这也是我得到的你同龄人的多数回答。看着你一天天长大、走远,向着我看不见的远方,我常常感到无能为力。我养育了你的身体,尽力满足你的物质需要,而在心灵的对换上,竟从来不是父亲。我不是，很多人都不是。从你一岁半开始，我出门到处打工，到过新疆、青海、内蒙古、东北以及南边的云贵和广东，双脚走遍了不毛之地。除了一身伤病和满心沧桑，也没落下多少钱，这也是爸爸这一代大部分人的生活和命运。我也无法猜测，到了你们这一代，会是怎么的情状。或许，物质上将会富足，而内心和精神会更奔突和动荡。物质和心灵永远不能合一，这是两者的宿命，也是人的宿命。对于将来，我多希望你有多一点儿准备。现在，你能多读一些书、多一些思考。你可能并不知道，一年来，我一直在北京西郊一个叫"工友之家"的地方工作。这是一个由外来打工者组织的公益机构。我每天的工作就是跟随负责旧物资回收的工友去北京各个地方接收人们捐赠的衣物。有时也帮忙分拣、消毒，分批发往更加需要的西部和非洲。说不定老家收到的救济衣物，就有我亲手的劳动。机构有十几家爱心超市，分布在工厂密集的地方，每件衣服只卖十元八元，目的是帮助那些工友。我买了一大纸箱，足够我们一家人穿十年有余。过年的时候，我就带回去。这份工作虽然很辛苦，但我愿意做。每个星期天都有北京各高校的大学生和其他爱心志愿者来帮忙工作，大家在一块儿，感到融洽又温暖。有人做了十几年，从学生时期一直做到成家立业还在乐此不疲。这是一种情怀，更是一种胸怀。有他们，这个世界虽不美好，但并不绝望。在当当网上，我购买了一些书，因为这里不好收，我附了县城的地址，你先把它们放在靠墙那个桌斗里。我过年回家了读它们。我还是习惯读纸质文字，那种进入感，那种交融、碰撞、思维在纸上的流淌铺展感，是屏幕不能比的。我几乎读完了你从初中到现在的全部语文课本。和我那个年代的内容比，它的丰富性、宽敞度、经典性提高了不知多少倍。单从这一点，真是羡慕你们。对了，我要告诉你一个好消息，最近，我获得了2016年度中国工人诗歌桂冠奖。一个沉甸甸的铜质奖杯和十万元钱。这个奖，从2016年开始，一年一届，获奖名额一年只有一名。这是对我二十几年写作、思考的肯定，也是对所有坚持思索、创造和抗争的诗歌探索者的肯定，实在太有意义了。

你看授奖词：

> 陈年喜很像传统中国的游民知识分子，离开乡村外出打工，辗转于社会底层，饱经世态炎凉。
>
> 不同于普通游民，他有一种自觉的文学书写意识；不同于传统士大夫或现代知识分子，他是以矿山爆破这样一种后者绝不可能从事的危险工种来谋生，具有顽强的生命活力。

作为一名有着十六年从业经验的爆破工，他把在洞穴深处打眼放炮、炸裂岩石的工作场景第一次带入中国诗歌，这既是大工业时代的经验，又是能够唤起人类原始生存场景的经验。

2016年，他因职业病离开矿山，而写作更上一层楼，以《在皮村》和《美利坚叙事》两部沉郁厚重的组诗，聚焦新工人文化，思考全球化世界中普通劳动者的命运，从而将工人诗歌带到了一个新的高度。因此授予陈年喜2016年度桂冠工人诗人奖。

把这个好消息也告诉你妈妈，告诉全家人。爸爸不是好父亲，但希望你是一个好儿子。你不仅是我的，也是生活以及未来将面对的纷繁世界的男儿！

爸爸

2017年2月15日

在喧嚣的世界里，
坚持以匠人心态认认真真打磨每一本书，
坚持为读者提供
有用、有趣、有品位、有价值的阅读。
愿我们在阅读中相知相遇，在阅读中成长蜕变！

好读，只为优质阅读。

孩子，长长的路你慢慢走

策划出品：好读文化	监　　制：姚常伟
责任编辑：周　杨	产品经理：姜晴川
装帧设计：左左工作室	内文排版：鸣阕空间

图书在版编目（CIP）数据

孩子，长长的路你慢慢走 / 俞敏洪等著. —北京：北京联合出版公司，2023.7（2023.8重印）
ISBN 978-7-5596-6898-1

Ⅰ.①孩… Ⅱ.①俞… Ⅲ.①散文集—中国—当代 Ⅳ.①I267

中国国家版本馆CIP数据核字（2023）第080137号

孩子，长长的路你慢慢走

作　　者：俞敏洪　麦　家　等
出 品 人：赵红仕
责任编辑：周　杨

北京联合出版公司出版
（北京市西城区德外大街83号楼9层　100088）
北京联合天畅文化传播公司发行
北京美图印务有限公司印刷　新华书店经销
字数146千字　787毫米×1092毫米　1/32　8.125印张
2023年7月第1版　2023年8月第2次印刷
ISBN 978-7-5596-6898-1
定价：49.80元

版权所有，侵权必究
未经许可，不得以任何方式复制或抄袭本书部分或全部内容
本书若有质量问题，请与本公司图书销售中心联系调换。
电话：010-65868687　010-64258472-800